「こ、これ、落っこちたりしないの……？」
握っていれば問題ない。
真っ逆さまだが、試してみたいか？」

目次

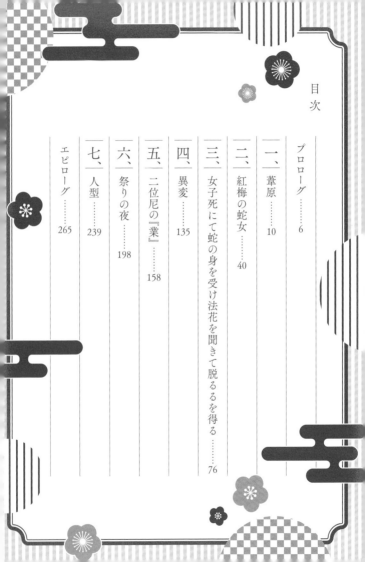

安芸宮島　あやかし探訪ときどき恋

狭山ひびき

PASH!文庫

プロローグ

「どうしてわたしがこんな目に遭わないといけないのよ――――!!」

通算すると何度同じ言葉を叫んだか、もはやわからない。

「だから食い逃げじゃないって言ってるじゃんか！　お金受け取らなかったのはあの変な魚の顔したおじさんのほうじゃないの!!　つーかここ天国だよね!?　そうだよね!?　なんで天国で役人に追いかけ回されなきゃいけないのよ!!　こっち来んな――――!!」

幸村奏《ゆきむらかなで》、十九歳。

今年の春から地元・広島の女子大に進学した、どこにでもいる普通の女子大生だ。

個人的には、もう少し目が大きかったら嬉しいなとか、もう少し胸が大きかったら嬉しいなとか、もっと脚とウエストが細かったら嬉しいなとか――簡単に言えば、些細《ささい》なコンプレックスを抱えた、顔立ちも普通、頭の出来も普通な、どこにでもいる平々凡々な女の子である。

そのどこをとっても普通な女子大生が、どうして、大学デビューとともに茶色く染めた肩までのボブヘアを振り乱し、奇声を発しながら逃げ回っているかと言えば、それは本当に些細な勘違いから生じたと言っても過言ではない。

所詮些細、されど些細。だがしかし、それは奏にとっては運命を左右する、些細だけれども非常に大きな勘違いだった。

そもそも奏が走り回っている、この、平安時代の内裏のような建物はいったいなんなのか。

はっきり言って、それすらよくわかっていない。

奏はついさっきまで宮島にいたはずだった。

それなのに、気が付いたらこの変なところに飛ばされていて、役人に追いかけ回される羽目に陥っていた。

「冤罪《えんざい》だって言ってるでしょ――!!」

奏の叫び声が尾を引き、それを複数の足音が追いかける。

奏の予想では、ここは天国だ。

自分がどうして死んだのかはさっぱり理解できていないが、そうでなければ絶対おかしい。

だって考えてみてほしい。

厳島神社《いつくしまじんじゃ》で参拝していたはずの自分が、気が付いたら平安時代風の街並みの世界に飛ばされていて、さらに馬や犬が服を着て二足歩行で歩いているのを見たら、誰だってそう思うはずだ。

地獄の割にはのんびりと平和そうな雰囲気だったからたぶん天国。

安易かもしれないが、そうでなければ説明がつかない。

「あっちに逃げたぞ！」

「追え！」

「捕まえてお館様の前に突き出すのだ！」

役人たちの野太い声がすぐ近くまで迫っていた。

奏は複雑な回廊を駆け抜けて、とにかくあてもなく走り回る。――そのとき。

「羅城門の外に行きな。そうすれば出られるぜ、迷い人」

ふとどこからか人の声がした。

ハッと振り返ったがそこには誰の姿もなく、奏は首をひねったが、「待てー！」という声を聞いて飛び上がる。

（ああもう！　ままよ！）

その声が誰の声だろうと、空耳だろうと、右も左もわからない世界なのだ。

奏は声の助言の通り、羅城門を目指すことにした。

朱雀門《すざくもん》らしき門から飛び出して、果てしなく遠く感じる羅城門を目指して走る。

「はあっ、はあっ、きっつ……！」

元陸上部で鍛えていたとはいえ、高校三年の夏に部活をやめて、丸々一年走っていない。奏の息はすぐに切れて、心臓もかなり苦しくなってきたが、ここで足を止めると追いかけて来る役人に捕まってしまう。

（平安時代って犯罪者に人権とかなさそうだから絶対嫌――!!）

ここが平安時代とは限らないし、おそらく違うだろうが、雰囲気的に捕まれば最後な感じがする。

「……へ？」

冤罪だといくら主張したところで、聞き入れてくれるとは思えなかった。

奏は死ぬ思いで羅城門まで走り、そして門を一歩くぐった、そのときだった。

ぐにゃりと視界が歪《ゆが》んだかと思うと、奏を取り囲む景色が一変した。

思わず三六〇度見回して、首をひねる。

奥に見える海と空が、オレンジ色に染まりはじめていた。

背後には赤い朱色の柱の厳島神社がある。

（あれ？　わたし……死んでなかったの？）

奏はパチパチと目をしばたたいて、つい数時間前のことを思い出した。

一、葦原《あしはら》

広島駅からJR山陽本線岩国方面行きに乗り込み、おおよそ三十分。

JR宮島口駅を降りると、右手に、少しお洒落なコンビニが見えた。

あれだ、景観を損ねないように作られている、レアなご当地コンビニとかいうやつだろう。違う系列だが、マツダスタジアムの近くにもちょっと外見の違うコンビニがあるし、京都とかの観光地でもよく見る。ちょっと特別感があって、見ていて楽しいやつだ。

空を見上げれば抜けるような青い空が広がっていて、奥に数年前に改装されて綺麗になった、宮島口旅客ターミナルが見える。

何かで聞いた説明によると、新しくなった宮島口旅客ターミナルは、宮島の千畳閣《せんじょうかく》をイメージしてデザインされたらしいが、あまり詳しいことは知らない。ただ、改装前に訪れた数年前よりも、ずっと綺麗で船の乗り降りが楽になったということだけはなんとなくわかった。

(今日は特に暑いなぁ。日傘持ってくればよかった)

眩《まぶ》しさに目を細めながら空を眺めて、幸村奏は「失敗したなぁ」とつぶやく。

今日は八月二十七日。もうじき九月になるのに、じりじりと肌を焼く日差しは夏そのものので、全然秋が訪れる気配はない。

日焼け止めは塗ってきたが、それでも今日一日で真っ黒になりそうなほどの真夏日だった。下は長ズボンだからまだいいが、顔と、半袖のＴシャツからのぞく腕が心配になる。（せめて熱中症にならないように、水分だけはしっかり取るようにしようっと）

宮島に渡ればあちこち歩き回ることになるので、駅を出て右手のコンビニでペットボトルの無糖の紅茶を一本買って、奏はターミナルへ向けて薄灰色の歩道を歩いていく。

途中地下道へ降りて、再び地上へ昇った先にある穴子飯のお店は地元民の間で美味しいと有名だったが、時間的にまだ昼ではなかったので今日は寄らないことにした。

ターミナルから出ているＪＲと宮島松大汽船の二つのフェリーのうち、ＪＲの乗り場へ歩いていく。広くなった桟橋の奥には青々とした海と、今から渡る宮島が見えた。

ぼんやりと海を眺めていると、フェリーはすぐにやって来た。

階段を二つ昇って、フェリーの三階へ上る。

フェリーが動き出すと潮風が奏の薄茶色の髪を激しく乱して、慌てて片手で髪を押さえた。

夏休みに入る前に揃《そろ》えたばかりの肩までのボブヘアが、おそらく風でぐちゃぐちゃに乱れていることだろう。

手櫛《てぐし》で髪を整えながらフェリーの進行方向を見やれば、小さく、足場に囲まれた鳥居が見えた。

宮島の大鳥居は令和元年の六月から大規模な修理工事中だ。

鳥居を近くで見られないのは残念だが、今日の宮島詣は旅行ではないのだから諦めもつく。

今日の目的は観光ではなく、資料集めなのだ。

今年の春に広島の女子大に入学した奏は、夏休みのレポートのために宮島を訪れた。

奏の大学は珍しく、一年生からゼミを取る。

卒論の準備をはじめる三年生までにゼミを変えることもできるけれど、民俗学を専攻すると決めて入学した奏はおそらく卒業までゼミを変えないだろう。

その民俗学のゼミの教授から、何か一つ、広島の郷土研究のレポートを書いてこいと課題が出されていて、奏は宮島を調べることに決めたのだ。

もともと、奏は歴史が好きなほうだ。

歴史に興味を持ったのは、幼いころに母方の祖父から聞いた、この一言がきっかけだった。

――うちはのぅ、ずーっとご先祖さんをたどれば、清和源氏さんの家系なんじゃ。

そのときに言われた「清和源氏」が何かわからなくて、幼いながらに必死になって調べて、その過程で読んだ『平家物語』のおかげで歴史にどっぷりとはまりこんだ。

歴女を名乗れるほど詳しいわけではないけれど、それなりには知っている。

ぼんやりと近づいてくる宮島を眺めていると、フェリーのアナウンスが流れて、もうじき宮島桟橋に到着することを教えてくれた。

ノートとペンケースが入ったトートバッグを肩にかけて、奏は揺れに注意しながら立ち上がる。

階段を降りて、下船客の列に並んでフェリーを降りた。

船を降りてすぐに見える、水族館の案内看板を左手に折れて、建物を抜けて外に出ると、目の前に大きな石燈籠《どうろう》が二つ見える。

急に明るくなったせいか、日差しがまぶしい。

まぶしさに目を細めつつ、桟橋から続く建物を右手に折れて、石畳の道を海のほうへ進んでいくと、鹿が木陰で休んでいた。

（鹿も暑いわよねぇ）

空から降り注ぐ日差しはじりじりと肌を焼き、潮を含んだ海からの風はじっとりと暑い。

奏は清盛像のある海岸沿いへ向かった。

海岸沿いには等間隔に石燈篭があって、松の木が植えられている。

海をバックに、右手に扇を持った入道姿の清盛像が建っていて、清盛の右手側の足台には平清盛についての説明書きがあった。

(やっぱり、宮島の郷土研究をする上で平清盛は外せないわよね)

厳島神社は平清盛の時代よりもずっと前から存在したが、今の形に造営したのは平清盛だと言われている。そのため、宮島は平清盛とゆかりが深く、この像のほかにも清盛神社があり、厳島神社には清盛をはじめ平家一門が書写し奉納した『平家納経』なるものも存在する。

『平家納経』は三十巻の法華経をはじめ、般若心経、阿弥陀経、そして清盛の書いた願文を添えた三十三巻の経典で、見事な装飾が施されているそうだ。

(わたし、この時代が一番好きなのよね)

正確に言えば、平家が源氏に討たれる前までの時代。

祖父は奏の遠い先祖が清和源氏だったと、本当かどうかわからないようなことを言っていたけれど、個人的なことを言えば、奏は源氏よりも平氏が好きだ。

平清盛や平重盛がもし源平合戦のときまで生きていたら、結果はきっと違ったものになっていたはずだと勝手に思っている。

（ま、そうなればもしかしたらわたしのご先祖様も殺されていたかもしれないから、わたし自身もこの世に存在しないかもしれないけどね）

奏はなんとなく平清盛像に小さく一礼して、右手に海と松の木を眺めながら、海沿いに進んでいった。平清盛像を見たなら、やはりもう一つ見なければならないものがあるだろう。

ザザン……と潮の音を聞きつつ、宮島口駅のすぐ近くのコンビニで買ったペットボトルの紅茶を開けてぐびぐびとあおる。

紅茶をあおりながら左手の腕時計を確認すると、まだ午前十一時にもなっていなかった。今時点で死ぬほど暑いのに、これからまだ気温が上がるなんて信じられない。

ハンカチで汗をぬぐいながら歩いていると、石畳だった道がいつの間にか白い砂地に変わって、海の中に足場でほとんど隠れてしまっている大鳥居が見えた。

足場の組まれた大鳥居を眺めつつ、早く修繕工事が終わればいいのにと考えながら歩いていると、目の前に目的のものが見えてくる。

左手には有名コーヒーチェーン店が、ほかで見る店とは全然趣の異なるシックな外観で立っていた。

そのすぐ右に、奏の目的の二位殿燈篭《にいどのとうろう》がある。

二位殿とは、平清盛の妻の平時子のことだ。

平時子は清盛の後妻で、壇ノ浦の戦いの際に幼い安徳天皇とともに海に飛び込んだ。

その後、一説にはこの宮島の有の浦に遺体が流れついたとされていて、そのためここ有の浦に燈篭が建てられたそうだ。

奏は燈篭に彫られた「二位殿燈篭」の文字を確かめて、ゆっくりと手を合わせた。

幼い孫を連れて海に飛び込まなくてはならなかった平時子は、さぞ無念だっただろう。

(よし。このあとは厳島神社を詣でて、歴史民俗資料館へ行きましょう)

奏は去り際に二位殿燈篭に一礼して、厳島神社へ向かって歩いていく。——と、そのときだった。


——口惜しや。


二位殿燈篭に背を向けて少し歩いたところで一瞬あたりが真っ暗になって、とんでもない轟音《ごうおん》が耳をつんざいた。

「きゃあ!!」

悲鳴を上げながら耳を塞ぎ、その場にうずくまった奏の背後で、ドォン!!　と爆発音がする。

驚いて振り返った奏の頭上から、ばらばらと石粒が降ってきて、奏は再び悲鳴を上げて両手で頭をかばった。

「いたっ、いたた！」

半袖のシャツのむき出しの腕にばらばらと石が当たって、奏はぎゅっと眉を寄せる。石が降ってきたのはほんの僅かなことで、ひりひりと痛む腕をさすりながら改めて背後を確かめると、そこにあったはずの二位殿燈篭が木っ端《こっぱ》みじんに砕け散っていた。

「え⁉」

奏は愕然と目を見開いた。

観光客や、近くの店で働いていた従業員、少し離れたところにいた人力車の車夫までが集まってきて、あたりは騒然となる。

「な、何があったんですか？」

奏が近くにいた人に訊《たず》ねると、三十代くらいの男の人が、首をひねりながら教えてくれた。

「ピカッと光ったのは見たんだけど……雷なのか、どうなんだろう。光ったときに眩しくて目をつむったからはっきりとはわからないけど……」

「雷？」

奏は空を見上げた。

雲もほとんど見当たらない、びっくりするような快晴だ。

（こんな日に、雷？）

雷雲どころか、雨雲すらどこにもない。

しかし、ほかに何もないこの場所で、突然石燈篭が爆発したように破壊されたとなると、確かに雷以外考えられそうになかった。先ほど手を合わせたときに爆弾らしいものは見ていないし、そもそもこんなところに爆弾を仕掛ける人間もいないだろう。

（そういえば大きな音がする前に何か聞こえたような気もするけど……）

人の声だったのか、風の音だったのかわからないが、妙に耳に残る音だった気がする。

だがその音と爆発音に因果関係があるとも思えないし、第一いつまでもここにいたって仕方がない。

騒ぎを聞きつけてどんどん人が集まってくるし、人の邪魔にならないうちに去ったほうがよさそうだ。

突然砕け散った石燈篭のことは不思議だったが、奏は二位殿燈篭の残骸を再度一瞥《いちべつ》したのち、くるりと踵《きびす》を返して歩き出した。

（でも、燈篭が粉々なんて、なんだか不吉な気がするわ）

奏は背後で大きくなるどよめきを聞きながら、もう一度雷雲を探して空を仰ぎ、何もないことを確認すると、右手に海を見ながら厳島神社へ向けて進んでいった。


厳島神社と一口に言うけれど、中古の時代を感じさせる寝殿造りの社《やしろ》は少々複雑だ。

厳島神社と言いながら、その中にはほかにも客《まろうど》神社本殿、大国《だいこく》神社、天神社とほかの神を祀《まつ》った神社がある。

大国神社は大国主命《おおくにぬしのみこと》、天神社は菅原道真を祀っていることは有名だが、客神社はほかではあまり聞かない名前かもしれない。

客神社本殿は、須佐之男命《すさのおのみこと》から生まれた「天忍穂耳命《あめのおしほみみのみこと》」「天穂日命《あめのほひのみこと》」「天津彦根命《あまつひこねのみこと》」「活《いく》津彦根命《つひこねのみこと》」「熊野久須毘命《くまのくすびのみこと》」の五柱の神様が祀られていて、厳島神社の参拝入口から入ってすぐのところにある。

厳島神社に詣でるときには、いつも何も考えずに参拝していたが、事前に調べてから来るとちょっと見方が変わるから不思議だ。

参拝入口で参拝料を支払うと、大鳥居の写真が印刷されたチケットがもらえる。

その裏をひっくり返すと、簡単に厳島神社の説明が書かれていた。

厳島神社の主祭神が「市杵島姫命《いちきしまひめのみこと》」「田心姫命《たごりひめのみこと》」「湍津姫命《たぎつひめのみこと》」の三柱の女神であることは有名だし、創建が推古元年であることも、その後、平清盛が現在の形に造営したことも、ユネスコ世界文化遺産であることも多くの人が知るところであろうが、その次に書かれていた一文に奏は首を傾《かし》げた。

(「宮島は昔から神の島として崇められていたので御社殿を海水のさしひきする所に建てたといわれている」? 神の島だからといって、どうして海水が上がってくるところに社殿を建てるのかしら?)

どうしてもその部分が気になったので、今日帰ったら詳しく調べてみようと心に誓う。

奏はトートバッグの中のノートにチケットを挟んで、厳島神社に向かって右手にある手水舎で手と口をすすぐと、提灯としめ縄で飾られている入口から中に入った。

柱や梁は朱色に塗られていて、白い壁とのコントラストが美しい。

ちょうど潮が満ちている時間で、板張りの床の下には海の水が満ちていた。

右を見ると、朱色の柱と欄干と屋根との間に見える水面が、キラキラと輝いている。なんとなくその光景が気に入って、写真を撮ろうとスマホを取り出しシャッターを切ると、画面に映し出された写真はまるで朱色の額縁に縁どられた一枚の絵画のようだった。

（ええっと、お賽銭《さいせん》っと）

客神社本殿が見えて、奏はトートバッグの中を漁ると、がま口の小銭入れを取り出した。宮島に来ればあちこち詣でることになるから、お賽銭用の小銭をこれに詰めてきたのだ。神社に詣でるときは、「ご縁」を連想させる五のつく硬貨を選ぶようにしていて、今日は五十円玉をたくさん詰めてきた。

奏は五十円玉を一枚賽銭箱に入れて、ほかの参拝客に混ざって手を叩く。

参拝は二礼二拍手一礼が基本だが、人が多すぎてのんびり参拝できるような雰囲気でもなかったので、急いで頭を下げて手を叩き、心の中で自分の住所と名前を述べた。参拝のときは神様へのご挨拶が基本だそうなので、お願い事はしない。ものすごくお願い事をしたくなるときがあるけれど、神様だって何万、何十万という人のお願い事をいちいち聞いていられないだろうと自分に言い聞かせてやめるようにしている。

（昔おばあちゃんが「神様のご迷惑になることはせんのんよ」って言ってたもんね）

客神社本殿での参拝を終えて先へ進んでいくと、板張りの高舞台が見えてきた。

たまに、テレビのローカルニュースで舞楽が舞われているのを観るなあと思いながら、厳島神社本殿へ向かう。

（あとでお守りでも買って帰ろうっと）

厳島神社本殿のすぐそばでお守りやお札などが売られているのを横目で確かめて、奏は再びがま口財布から五十円玉を取り出し、それを握りしめる。

そして賽銭箱へ投げ入れて、二礼二拍手のあとに目を閉じた、その直後のことだった。

体がふわりと宙に浮いたような、妙な感覚が襲ってきた。

ジェットコースターに乗っているとき内臓が浮き上がるような不快感を覚えることがあるが、それと非常によく似た感覚だった。

驚いて顔をあげた奏の視界が、ぐにゃりぐにゃりと歪んでいく。

「なにこれ⁉」

奏は思わず悲鳴を上げたが、歪んだ視界の中にいる参拝客の誰一人として、奏の異変に気づいたものはいなさそうだった。

「――――っ」

どんどん歪んでねじれていく視界に恐怖を覚えていると、今度は頭に激痛が走った。

両手で頭を抱えてその場にうずくまろうとしたとき、ころりと体が横に傾いで、そのまままふわりと宙に浮きあがる。

「ひ！」

何が起こっているのだろう。

恐怖で歯の根も合わなくなってがくがくと震えていると、目も開けていられないほどの光が視界いっぱいに広がる。

反射的にぎゅっと目をつむり、少しして恐る恐る目を開いた奏は、息を呑んだまま呼吸を止めた。

「…………」

もう、悲鳴すら出ない。

何が何だか、さっぱりわからなかった。

奏の体は宙に浮いていて、その遥か下に、京都旅行のときにどこかで見た平安京のジオラマにそっくりの街並みが広がっていた。

碁盤の目に区切られた街並み。

周囲にはたくさんの山があって、車も電柱も、アスファルトで舗装された道もなにもない。

(あれって、牛車じゃないの？　っていうか、重要文化財並みのすごそうな家がたくさんあるんだけどどういうこと……？)

奏は思わず自分の頰《ほほ》をつねる。

しかし茫然《ぼうぜん》としすぎていて、痛いのか痛くないのかもいまいちわからなかった。

ここは明らかに現代日本ではない。

まるで——まるで、平安時代にでもタイムスリップしてしまったようだった。

「っていうか、なんでわたし浮いてるの……？」

改めてぷかりぷかりと浮いている自分に気が付いて、それから奏はハッとした。

「もしかしてここ、死後の世界⁉　わたし死んだ⁉」

先ほどの死にそうなほどの頭の激痛のせいで本当に死んだのだろうか。

「嘘でしょ⁉　まだ十九歳なのに！　彼氏もできたことないのに‼」

こんなところで人生が終わるなんて最悪すぎる。

「戻して！　生き返らせて！　ええっと、どの神様かわかんないけど、とにかく誰でもいいからわたしを元に戻してください——‼」

さすがにこのときばかりは、祖母の「神様のご迷惑になることはせんのんよ」という言葉は頭の中から吹き飛んでいた。

奏が空に向かって大声でそう叫んだとき、ふっと奏を支えていた見えない浮力が消えた。

「へ？」

これはまずい、と思った瞬間、奏の体が重力に引っ張られて急降下していく。

「ぎゃ、ぎゃあああああああ――――!!」

パラシュートなしのスカイダイビングか、それとも紐なしバンジーか。

「死ぬ、死ぬ死ぬ死ぬ死ぬ死ぬ――――!!」

ここが死後の世界だと思ったのも束の間、奏は命の危機を感じて絶叫した。

奏の体はそのまま重力加速度をつけて恐ろしいスピードで地面へ向けて落下していく。

ぼろぼろと溢《あふ》れる涙が宙に浮いて雨粒のように見えた。

「神様仏様ご先祖様!!　誰でもいいからなんとかしてよ――――!!」

空中で手をバタバタするも、鳥のように飛べるはずもない。

「助けてー!!　助けてー!!　たすけてえええええええ!!」

奏の絶叫が尾を引き、もうだめだときつく目をつむったその瞬間、地面に激突する一歩手前で、奏の体がふわりと一瞬浮いた。

「ん？」

痛くない、と目を開けた途端、その浮力が消えてどさりと地面に腰から落っこちる。

「いたたたたた……」

激突は免れたが痛いことには変わりなく、奏は涙目で腰をさすった。

落ちた拍子に肩から滑り落ちたトートバッグの中身が近くに散乱していて、奏はにじんだ涙を拭いながらトートバッグとノートや筆箱を拾い上げる。

「痛い……っていうか、ここどこ……?」

改めて見ると、本当におかしな場所だった。

仮にここが平安京と同じ作りならば、奏がいるのは羅城門のあたりだろうか。

羅城門の実物なんて当然見たことがないから、本物かどうかは見当もつかないが、それっぽいものが建っている。

門番はいないようで、門は開け放たれていた。

道幅の広い朱雀大路がまっすぐに伸びている。この先には大内裏があるのだろうか。

(わけわかんない。なんで死後の世界が平安時代風なのよ)

自分は死んだと決めつけて諦めた奏は、羅城門から一歩中に入って、ぐるりと周囲を見回した。

羅城門の近く――平安京の南側は裕福ではない人が住んでいたと古典の授業で聞いたことがあるが、それほどボロッちい家は見当たらない。それは、ここが死後の世界だからだろうか。道は砂利道だが、結構きれいだ。

「…………はあああああ。まいっか。死んじゃったんなら仕方ない」

能天気なところのある奏は、じーっと目の前の朱雀大路を見つめて、大きなため息とともに現状を受け入れることにした。

（お父さんお母さんおじいちゃんおばあちゃん、親不孝な娘をお許しください）

ついでに厳島神社の中で死亡してしまったと思われるので、ご迷惑をおかけしただろう皆々様にも心の中で謝っておく。

「さてと、短い人生で悔しいけど、代わりにここで楽しめばいいや」

地獄の大窯とかは見当たらないから、きっと天国に違いない。

ならば楽しい死後の人生（？）が待ち受けているはずである。

「よし。手始めにここを散策してみよっと。そのうち親切な人が、新人案内に来てくれるかもしれないし！」

考え方を変えるだけで、一気に楽しくなってきた。

どこへ行っても、何を見ても、全部新しい世界だ。こんな面白そうなことはない。

奏はルンルンと鼻歌を歌いながら、北へ向けて朱雀大路を進んでいくことにした。

奏が歩いていくと、じろじろと道行く人が視線を向けてくる。

出会う人出会う人、全員、平安時代に暮らしている人のような格好をしていた。

（狩衣《かりぎぬ》、直衣《のうし》……直衣のほうが身分が高いんだっけ？　直衣は確か公卿たちの平服で、ほかにも身分によって身に着けていい色といけない色があったようななかったような……。

あんまり覚えてないけど、死後の世界だし、平安時代のルールとは違うっしょ。うーん、さすがに十二単は重すぎて着て歩いてる人はいないわよねー。でも十二単か。一生に一度でいいから着てみたかったのよね。どこかに行ったら着替え一式くれるのかしら?）

もらえるならぜひ十二単をいただきたい。それを着て平安時代のお姫様気分を味わうのだ。

（でもさすが死後の世界よね。人間だけじゃないのねー）

見れば、服を着て歩いている犬や、体が人で首から上が馬の顔の人もいる。実に面白い。犬や馬顔の人は人語を話せるのだろうか。面白そうだから仲良くなりたい。

「っていうか、お腹すいたなー」

お昼ご飯がまだだった。今何時だろうと腕時計を見て、ふと奏は首をひねった。

「あれ、死後の世界なのに時計は生きてるのね。変なの」

カチカチと秒針が時間を刻んでいる。もうじき十二時を指すところだった。

「穴子飯食べそびれちゃった。この世界にも売ってないかな」

宮島に来たのだから穴子飯を食べて帰ろうと思っていたのに、食べる前に死んでしまった。口はすっかり穴子飯の気分なので、どこかに似たようなものはないだろうかと奏は歩きながらきょろきょろとあたりを見渡した。

「この際細かいことは言わない。穴子がないならウナギでも可……あ、いい匂い」

くんくんと鼻を動かして、食べ物の匂いをかぎ取ると、奏はいい匂いのするほうへふらふらと足を向ける。

（出店がある！　平安時代っぽいのに、変なの！）

七条大路のあたりを右に曲がると、その道にはたくさんの出店が並んでいた。

これで食べるものにありつけると、奏はうきうきと店を見て回る。お昼時だからか、たくさんの人が集まっていた。

いい匂いのせいか、口の中いっぱいに唾液がたまってくる。

（穴子、ウナギ、穴子、ウナギ……）

どこかに穴子かウナギは売っていないだろうかと出店を見て回っていると、それっぽいものを見つけて奏はぱあっと顔を輝かせた。

（穴子っぽいもの発見！）

奏は人ごみをかき分けて目的の出店の前に行くと、顔だけ魚っぽいおじさん（おばさん？）に店先に並んでいるお弁当を指さして言った。

「一つください！」

「まいど」

（おお！　人語が通じた！）

顔が魚でも人語を喋るらしい。意思疎通ができてよかった。

魚顔の人に人語が通じるなら犬や馬顔の人にも通じるだろう。あとで話しかけてみよう。

奏はお弁当を受け取り、トートバッグから長財布を取り出す。

「おいくらですか？」

「三つだ」

（三つ？　三千円ってこと？　高くない？）

ぼったくりもいいところだと思いつつ、空腹には耐えかねて、奏は財布から千円札を三枚取り出した。

「はい」

しかし、魚顔の店主は奏が差し出した千円札を見て目をすがめる。

「なんだこれは」

「なにって、三千円でしょ？　まさか三万円とか言わないですよね。いくらなんでもぼったくりもいいところですよ！」

「さんぜんえんってなんだ！　いいからさっさと金を払え！　三つだ！」

「は？」

払えと言われても、今差し出しているではないか。

「だから、はい！」

「こんな紙切れはいらん！」

「ええ……」

（意味わかんないんですけど……）

もしかして硬貨のほうがよかったのだろうかと思ったが、三千円分の硬貨は持ち合わせていない。

途方に暮れていると、魚顔の店主がだんだんと怖い顔になってきた。

「もしかして、タダ飯食らいか⁉　誰か‼　役人を呼んで来い‼　タダ飯食らいだ‼」

店主が叫んだ途端、周囲にいる人がわっと奏につかみかかってきた。

「ちょっと、痛い！　痛いってば！　離してよ！」

状況が理解できない間に弁当を取り上げられて、手首をひねりあげられる。

ばたばたと暴れていると、どこからか褐衣《かちえ》っぽい服を着た男たちが駆けつけてきた。

奏をぐるぐると荒縄で縛り上げながら、

「お前か！　タダ飯食らいは！」

「タダ飯食らいって何よ！　お金なら渡したじゃない！　なんなのっ⁉　離してよ‼」

「ええい、うるさい！　妙な格好をしおって！　お館様の前に突き出してやる‼」

「お館様？　誰よそれ！　いいから離して！　こんなお弁当もういらないわよ‼」

まだ一口も食べてもないのに。お金を渡したら「タダ飯食らい」と言われて縛り上げられるなんて、冤罪もいいところだ。

奏は精一杯の力で抵抗したけれど、あっさり男たちに担ぎ上げられて、少し離れたところに停まっていた牛車の中に強引に押し込まれた。

「ちょっと！」

牛車が動き出し、ガタガタとした揺れに、縛り上げられている奏の体がゴロゴロと転がる。

（もう、なんなのいったい！　とんだ天国じゃないのよおおおおお――‼）

奏は右に左に転がされながら、心の中で絶叫した。


「ここに入ってろ！」

ようやく牛車が止まったかと思うとまた担ぎ上げられて、今度は時代劇で見るような、木の格子がはまった牢屋らしき部屋に乱暴に押し込まれた。

縄で縛られたままの奏は、這いずりながらなんとか起き上がって、外から閂《かんぬき》がはまっている格子の入口を睨《にら》む。

よほどこの牢屋を信用しているのかどうなのか、見張りは誰もいなかった。

(馬鹿じゃないの?)

奏はちらりと閂を見て、心の中で「はん!」と嗤《わら》う。

格子戸の隙間は、奏の腕が通るほど広い。

そして閂は上から差し込むように作られているので、格子から腕を出して閂を上に押し上げれば奏だって外すことができる。……縛り上げられた現状では、手が使えないのが問題だったが。

(とにかくこの縄をほどくことが先決よね)

奏を捕えた役人は縛り上げれば何もできないと思っているのか、トートバッグもご丁寧に牢屋の中に入れている。

奏は縛り上げられた難しい体勢で、トートバッグの中を漁ると、ペンケースを取り出した。

縛られた手ではペンケースをうまく開けることができなかったので、口を使って何とか開けると、中から定規を取り出した。

（ふふん。これでこすりつければこんな縄なんてすぐ切れる……はず）

やったことがないからわからないが、たぶん大丈夫なはずだ。少なくとも小学校のときに、定規で消しゴムは真っ二つにできた。

奏は縛られた手でどうにか定規を持つと、胴に回されている縄の一本に定規を通す。

（この体勢だと難しいわね。指がつりそう……）

せっせと縄を定規でこすっていると、もともとそれほどしっかり編まれた縄ではないのか、一本一本の藁がプチプチとちぎれていき、ほどなくして思っていたよりもあっさりと縄が切れた。

（ふっふっふ、ペンケースに定規を入れていたわたし、グッジョブ！　ざまあみろ！）

奏はここにはいない誰かに向かって勝ち誇り、縄をほどいて定規を片付けると、そーっと格子の外を窺《うかが》って誰もいないことを確かめた。

そして格子の間から手を伸ばし、閂をよいしょと上に上げる。

しかし計算外だったのは、このあとだった。

閂はなんとか上に持ち上がったが、それを下に落とした瞬間、ドタン！　と大きな音を立ててしまったのだ。

「やっば！」

奏は慌てて格子戸を開けて外に飛び出したが、音を聞きつけてバタバタと足音が近づいてくるのに気が付いて冷や汗をかく。

（このままだとやばい!!）

ここがどこだかわからないが、とにかく急いで外に出るべきだ。

奏は廂《ひさし》を走り抜け、外に続く僅か数段の階段を駆け下りると、細かな砂利が敷き詰められた庭を右も左もわからないままに走り出した。

「いたぞ！」

（うわっ、見つかった！）

肩越しに振り返ると、男たちが鬼の形相で追いかけてくるのが見える。

「なんなのよこいつら――!!」

「待て！　タダ飯食らい!!」

「だから、一口も食べてないじゃないのよ――!!」

何も食べていないのに罪人扱いなんてあんまりだ。

「なんなのよこの天国！　もっとましなところはないわけ!?　神様のばかあああああ!!」

「なんと！　神に向かって何という口の利き方だ！　捕えろ――!!」

「なんでそうなるのよ!!」

天国では神の悪口を言うだけで罪になるのだろうか。勘弁してほしい。

奏は中学時代陸上部で鍛えた脚力をもって全力で駆けた。

「あ、まて！　そっちは……！」

奏が向かった方向を見て役人たちの焦った声が聞こえるが、知ったことではない。

門らしきものをくぐり抜けて、手前に見えた階段から建物の中に入った。ふふん、門番を置いていないから悪いのだ。

(何これ？　何かの書庫？)

飛び込んだ部屋の中は、たくさんの巻物や草紙が置かれていた。棚に置かれている以外にも、床の上にたくさん散乱している。

興味本位で近くの巻物に手を伸ばそうとしたとき、背後から「待てー！」と声がした。

「まだ追いかけてくるわけ!?」

奏は慌てて部屋から飛び出した。

その際に足元の巻物の一つを踏みつけてしまい、びりっと嫌な音がしたけれど、振り返っている暇はない。

(なんか破いちゃったみたいだけど、これは不可抗力だから！)

これでまた一つ罪が増やされてはたまらない。

再び建物の外に飛び出してそのまま駆けて行こうとしたとき、ふと、頭上から知らない声がした。「羅城門の外に行きな。そうすれば出られるぜ、迷い人」

「え？」

ハッとして振り返るも、そこには誰の姿もなく、奏は首をひねりつつも言われた通り羅城門へ向かうことにした。

（なんとなくだけど、ここ、内裏っぽい！）

すると南に行けば朱雀大路があるはずだ。

内裏は南を向いて作られているはずだから、建物の正面入り口がある方角が南である。たぶん。

奏はいくつもの門を飛び出して、とにかく南へ南へ走る。

（あの門大きい！　たぶんあれが朱雀門のはず！）

ならば、そこを抜ければ朱雀大路だ。

そしてそのまま走って行けば羅城門が見えてくるだろう。

（はあ、しんどい！　しばらく走ってなかったからな……！）

けれども立ち止まるわけにはいかない。追いかけてくる役人に捕まればただではすまないだろう。

朱雀大路に出ると、奏は後ろを振り返ることなく、ただひたすら羅城門に向かって駆けていく。

(確か平安京って南北に五キロくらいあったはず……。心臓持つかな……!?)

マラソンよりもはるかに速いペースで走っている。

ぜーぜーと息を切らしながら走っていくと、ようやく羅城門が見えてきた。

(あれをくぐれば、出られる……!)

どこに出られるのかはわからないが、この際ここ以外であればどこだってかまわない。

奏がふらふらになりながら羅城門をくぐり抜けた瞬間、ふっと景色が変わった。

「……………あれ?」

見覚えのある景色に、奏は目をぱちくりとさせる。

右を見れば、工事中の大鳥居。

(え? 宮島?)

きょろきょろとあたりを見回して、奏は自分が厳島神社の出口にいることに気が付いた。

空は薄いオレンジ色に染まりはじめていて、時計を見ると夕方の六時を指している。

(あれ? わたし……死んでなかったの?)

後ろには厳島神社、右手には工事中の大鳥居。

「…………なんだったのかしら、あれ」

夢でも見ていたのだろうか。

奏は呆けた顔でぼんやりと空を仰いで、それからふと腹を押さえた。

「お腹すいた……」

そうつぶやいたとき、ぐう、と腹の虫が鳴いた。

二、紅梅の蛇女

……ここはどこだろう。

気が付けば奏は、知らない家の縁側で、ぼんやりと庭を眺めていた。

広い庭には紅葉の木や色とりどりの花が植えられていて、遣水《やりみず》には空の月が映りこんでいる。

まるで平安時代に迷い込んでしまったかのような庭だった。

庭に作られた人工池にかかる平橋や太鼓橋。

風に乗って鈴虫の声が聞こえてくる。

そんな風情ある庭の中で、ひと際目を引くのが美しい紅梅だった。

月明かりに照らされた紅梅の周りを、蛍が舞っている。

まだ雪が舞うような季節に花を咲かせる梅と初夏に飛び交う蛍。その二つが同じ季節に存在するはずもないのに、どこかぼんやりと霞がかっている奏の思考は、そんな常識にも気が付かなかった。

キラキラとした星のような蛍の輝きに目を奪われていると、紅梅の木の枝の上で、きらりと蛍の光ではない別の何かが光った。

なんだろうと目を凝らすと、梅の枝に小さな蛇が巻き付いている。

白くて、細い蛇だった。

しばらく見つめていると、梅の花がはらりはらりと散っていく。

蛇は滑るように枝から降りると、散った梅の花びらを咥えては、一カ所に集めはじめた。

何度も何度も花びらを咥えて、同じ場所へ置いていく。

(何をしているのかしら……?)

蛇の目的はわからないが、花びらが散れば集め、それがこんもりと薄紅色の山になったところで、蛇の赤い目が奏のほうを向いた。

目が合った瞬間、奏の背にぞくりと悪寒が走る。

蛇の口から、ちょろりと赤い舌がのぞいた直後——奏は勢いよく飛び起きた。

「……夢?」

見れば、奏は狭いワンルームマンションのベッドの上にいた。

大学入学とともに一人暮らしをはじめた、奏の部屋だ。

「なんだったのかしら……痛っ」

首をひねろうとした奏は、頭の芯に鋭い痛みが走って顔をしかめた。

ずきずきと、針で刺したような痛みがある。

「なにこれ……」

昨日の厳島神社での夢なのか現実なのかもいまだによくわからない体験といい、今の夢といい痛みといい、ここのところ妙なことばかり起きているような気がする。

「十九歳って女の厄年って言うし、おばあちゃんの言う通り厄除けに行っておけばよかったかも……。次は、厄除けのお守りでも買って帰ろうかな……」

歴史民俗資料館へ行きそびれた奏は、二日後、いや、夜中の十二時を優に回っているから、明日か——にもう一度宮島に行く予定だ。そのついでに厄除けのお守りでも買って帰ろう。

「っていうか、まだ朝の三時じゃない。十時からバイトなのに……。早く寝よ」

奏は布団に潜り込み、ゆっくりと目を閉じる。

するとまた、夢の中で、白い蛇が紅梅の花びらを集めていた——

☆

八月二十九日、奏は再び宮島桟橋に立っていた。

（はあ、今日は何も起こらないといいけど）

先日の教訓を受けて、今日は日傘を持ってきている。

日傘をさして、憎たらしいほどの青い空を見上げると、奏は指先でこめかみを押さえた。

ここのところ、あまり眠れていない。

眠ればどうしてか夢の中に蛇が現れて、その蛇はずっと紅梅の花びらを集めているのだ。

そしてどういうわけか、その夢を見はじめてからずっと頭が痛い。我慢できないほどの痛みではないが、ずきずきと続く不快な頭痛は奏に多大なるストレスを与えていた。

（頭痛薬もきかないし。絶対厄年のせいだわ）

それ以外考えられない。

（最初に厄除けのお守り買おう。厳島神社のものでいいでしょ）

やっぱり宮島と言えば厳島神社だ。そこで売られているお守りが一番御利益がありそうな気がする。

（はー。それにしても今日もあっついなー。あとでかき氷食べよっと。宇治金時！）

歴史民俗資料館へ行った帰りにかき氷を食べて帰ろうと決めて、奏は前回と同様に海沿いの道を歩いていく。

途中、二位殿燈篭のあった場所にはブルーシートがかけられていて、周囲をカラーコーンが囲っていた。

(あの燈篭、どうするのかしら？　修復するのかな？　それとも新しく作るのかな？)

修復できるレベルの壊れ方ではなかったので、作り直すのだろうか。

厳島神社や、そのほかのお寺や神社とは違い、二位殿燈篭をわざわざ見に来る人はとても少ない印象なので、壊れていても気に留める人はいないのかもしれないが……あの日、木っ端微塵《みじん》に砕け散った石燈篭を見た奏は胸が痛い。

あの燈篭は、平時子を供養するためのもののはずなので、なんとなくだがあそこには彼女の魂のようなものが宿っていたのではないかと思うのだ。

(ちゃんと修復するなり作り直すなりして、ご供養してあげてほしいな)

そんなことを思いながら厳島神社に到着すると、入館料の三百円を支払って手水舎で手を洗い、建物の中に入る。

当たり前だが、大鳥居にはまだ足場がかけられていた。

客神社本殿を参拝し、厳島神社本殿へと向かう。

お賽銭を投げ入れて、二礼したあとでパンパンと柏手を打った直後のことだった。

「え、また⁉」

視界がぐにゃりと歪み、前回と同じ妙な浮遊感が襲ってくる。

周囲にいるほかの人に異変はないのに、どうして自分だけこのような目に遭うのだと叫びたくなった途端、奏は羅城門の前にいた。

せめてもの救いは、前回のような紐なしバンジー体験をしなくてすんだことだが、この状況がまずいことには間違いない。

「……前は羅城門を出たところで元に戻れたけど……」

奏は羅城門の外に立っている。試しに羅城門から遠ざかるように歩いてみたが、もといた厳島神社の中に戻れる気配はない。

「しかも今日もお昼ご飯食べてないのに……」

奏はがっくりと肩を落とした。

「はあ……こんなことなら厳島神社に参拝する前にご飯食べておくんだった。お腹すいたなぁ」

せめて商店街でもみじ饅頭を買い食いしておけばよかった。ああ、揚げもみじが食べたい……。

ため息を一つ吐いた奏は、いつまでもここに立っていても仕方がないと諦めて、恐る恐る羅城門をくぐる。

朱雀大路をとぼとぼと歩いていると、七条大路のあたりでまたいい匂いがしてきた。

前回は七条大路を左京側へ進んだが、無銭飲食を疑われて嫌な思いをしたので、今回は右京側へ進むことにした。あの魚顔の店主の顔はもう二度と見たくない。

（ああいい匂い……何か食べたい……）

しかし前回お金を払おうとしたら、千円札を見て店主は紙切れだと宣《のたま》った。もしかしなくても、ここでは現代のお金は使えないのだろうか。

（ってことは、ご飯買えない……!?）

おいしそうなものを見ても買って食べることができないなんて拷問だ。

いい匂いにつられてか、ぐうぐう主張しはじめたお腹を押さえて、奏はあちこちに並んでいる出店を見て回る。

ぐう、と一際大きくお腹が鳴ったとき、近くの店の女店主が、くすくすと笑った。

「なんだい、お腹がすいているのかい？」

体は人だが、頭だけ鶏の女店主だった。

焼いた魚を売っているようだが、彼女の店に並ぶ魚は、奏の知る魚とは似て非なるものだった。

「虹色……」

見た目はアユに似ているが、虹色に輝いている。見ている分には綺麗だが、食べ物には思えない。

（でもいい匂い……）

じーっと魚を見ていると、女店主は笑いながら串に刺さっている魚を一匹、奏に差し出した。

「お食べよ」

「え、でも……お金が……」

トートバッグの中に財布は入っているが、このお金は使えないらしいというのは前回学習したばかりだ。今日もタダ飯食らいだと言われて、また捕まるのはまっぴらである。

女店主は魚を持っていないほうの手をひらひらと振った。

「ああ、いいって、いいって。試食みたいなもんだよ。あげるからお食べ。早くしないと、あんたのお腹が怒り出すよ」

「いいんですか⁉」

なんて親切な人だろう。前回、奏に無銭飲食の濡れ衣を着せて役人を呼んだあの魚顔の店主に、爪の垢を煎じて飲ませてやりたい。

（色はやばそうだけど、いい匂いがするから美味しいはず！）

この際見た目には目をつむろう。奏はぱあっと顔を輝かせて女店主から虹色の魚を受け取り、そのままかぶりつこうとした――が。

「やめておけ」

ぱくり、と虹色の魚にかぶりつこうとしたとき、誰かの手が奏の手首をつかんで引っ張った。

「あ！　魚！」

奏の手にあった魚が奪い取られて、奏はムッとして顔をあげ、息を呑む。

驚くほど綺麗な人だった。

紅葉の柄の入った蘇芳《すおう》色の直衣の背に、つややかな銀色の髪が流れている。さらさらと音が聞こえてきそうなほど真っ直ぐな髪だ。

冴え冴えとした切れ長の瞳は、髪と同じ銀色。

男の人だろうとあたりをつけるけれど、確信は持てない。

中性的というか――男とか、女とか、そんなものは超越した、ほかに類を見ない美がそこにあった。

（芸能人とか、そんなレベルじゃないよ。……生き物？）

もしかして人形ではあるまいかと頓珍漢なことを考えてしまう。

瞬きも忘れて見入っていると、その人は不思議そうな顔でこちらを見下ろしてきた。

「どうした」

「え……いや……」

理由もわからずドキドキしてきた。よくわからないけど体が熱い。なんかいい匂いもする。頭もぼーっとしてきて、なんだか半分夢を見ているような不思議な気分になってきた。

(あ、これやばいかも……)

よくわからないが、目の前の綺麗な人に思考ごと奪われそうだ。このままだと危険な気がすると奏が不安になった、そのときだった。

「あれまあ、お館様！　こんなところに、嫌ですよぅ！」

一オクターブくらい声の調子を上げて、女店主がくねくねと体をくねらせながら「ほほほほ」と上品なのかわざとらしいのかわからない笑い声をあげた。

(「お館様？」この人のことよね？　っていうか、鶏ってほっぺた赤くなるの⁉)

鶏顔の女店主の頬が赤く染まっている。これは毛が染まったということでいいのだろうか。意味不明だ。

だが妙にくねくねしている女店主のおかげで、奏の思考は現実に引き戻された。鶏が赤くなってくねくねしているのはなんともシュールだ。ぼーっとしていた奏の頭がはっきりして、妙な動悸も収まってくる。

目の前の美貌の人は、ついと女店主に流し目を送って、ふっと色っぽく微笑む。

「お前の魚がほしくなった。少し包め」

「⁉」

奏は思わず耳を押さえた。

とんでもなく色っぽい声だ。声の低さで男性と確信はできたが、普通の男性がこんな声を出せるのだろうか？

（危険な感じがする。関わったらだめな感じのやつだわ。気をしっかり持たないときっとあれだ。色気で女性を食い物にする類の男だ。そうに違いない。

勝手に決めつけた奏はこれまた勝手に危機感を覚えて、そーっと後ろに一歩下がる。

すると、逃げようとしている奏に気が付いたのか、男が奏の手首をつかんだ。

「どこへ行く。お前はこちらだ」

（ひ⁉）

奏はびくりと肩を震わせた。

男は警戒して縮こまる奏のことなど気にも留めず、手首をつかんだまま店主とのやりとりを続ける。

男は袖からジャリッと重たい音のする巾着袋を取り出すと、それをそのまま女店主に渡した。代わりに魚を受け取ると、これまた艶やかな微笑を浮かべる。

「世話になった。そのうちまた来る」

「お館様ならいつでも大歓迎ですよぅ」

鶏店主はまだくねくねしていた。

男は鶏店主にもう一度艶やかな微笑を見せ、奏の手首をつかんだまま歩き出す。

男に腕を引っ張られるようにして歩きながら、奏は慌てた。

「ちょ、ちょっと！」

このままだとまたどこかへ連行されそうだ。前回のように役人と鬼ごっこになるのは勘弁である。

（それにこいつ、わたしの魚をぶんどったし！）

せっかくタダで魚を分けてもらえたのにと、空腹の奏は憎しみを込めて男を睨みつけた。

すると男は、ちらりと奏を見下ろしてあきれ顔をする。

「奪い取ったのではない。あれは親切だ」

「!?」

「何を驚いている？」

男が肩越しに振り返って不思議そうな顔をした。

「だ、だって、今……」

魚をくいっぱぐれた奏は男に腹を立てたが、文句は口に出していないはずだ。

(それとも無意識に悪態ついてた⁉)

奏が混乱していると、男はふっとちょっぴり意地悪な笑みを浮かべる。

「ああ。そのことか。私は人の心が読めるからな。もっとも、そなたの場合、思ったことが顔に出るゆえ、心を読むまでもない気がするが」

男はふと足を止めると、口端を軽く持ち上げる。

「関わったらだめな感じがする、だったか？　残念ながら、お前をこのまま逃がしてやることはできんな」

「…………」

やばいなんてものじゃない。この男は、やばすぎるやつだ。奏の脳内で危険信号が点滅する。

奏が真っ青になっていると、男はくつくつと喉を鳴らして笑いながら再び歩き出した。

「そんな顔をせずとも、いつもは心を読むようなことはしない」

「じゃあなんで！」

「調査、みたいなものだと言っておこう。本来渡ってこられないはずのものがこちらの世界に迷い込んできたとわかって、どんな人間かと思った。……一応は警戒したのだが、蓋を開けてみればなんというか……まあいい」

（……今なんか、けなされた気がする……）

蓋を開けてみればなんだというのだ。単純な女？　馬鹿？　それとも外見的な問題か⁉

むっと口をへの字に曲げていると、朱雀大路に出たところで男が足を止める。見ると、そこには一台の牛車が停まっていた。

「乗れ」

「え、やだ」

奏は即答した。

牛車は前回のときに散々な思いをしたのだ。縛り上げられて放り込まれ、狭い車内を散々ごろごろ転がる羽目になった。もう二度と経験したくない。

「…………はあ」

しかし抵抗も虚しく、盛大なため息を吐いた男が奏の体をひょいと担ぎ上げた。

「きゃあ！」

思わず悲鳴を上げたが、男は問答無用で牛車の中に奏を押し込んだ。そして自分も乗り込んでくる。

男が乗り込むと同時に、牛車が静かに進み出した。

「なにするのよ！」

「そなたの我儘《わがまま》には付き合ってられん」

奏はむうっと頬を膨らませた。

（我儘じゃないもん。すごく嫌な思いをしたんだから！）

腹を立てつつも揺れを警戒して縮こまった奏だったが、どういうわけか、牛車はカタリとも揺れなかった。

（あれ？）

動いているのは僅かな振動でなんとなくわかる。だが、それだけだ。

前回乗ったときはがったんがったん揺れてひどい目に遭ったのに、どういうわけかこの牛車はちっとも揺れていない。

揺れに備えて這いつくばっていた奏は、いつまでも穏やかな車内の様子に「む？」と首をひねった。

（なんで？　同じ道よね……？）

気になって、物見窓を開けて外を覗いた奏は、「ひぃ！」と悲鳴を上げた。

「空飛んでる！」

「そなたは口も思考もやかましいな」

「だって、空飛んでるよ⁉」

「だからなんだ」

「だ、だって……」

牛車が空を飛ぶだろうか？

（牛が空を歩いてる。なにこれ……。夢？　そうか。夢よね。夢に違いない！）

空を歩く牛なんて聞いたことがない。

ここ数日変な蛇の夢ばかり見ていたし、きっとこれも夢だ。

きっと二日前にここに来たのも夢だ。全部夢なのだ。そうに違いない！

夢と決めつけてホッとしたのも束の間、奏の浅はかな考察を、目の前の男が無情にも切り捨てる。

「残念だが、夢ではないぞ」

「思考！　もう読まないってさっき言った！」

「……そなたが馬鹿なことを考えていそうなまぬけ顔をするから悪い」

（すごく失礼！）

牛車が空を飛んで、しかもその中に乗っていたら、誰だって驚いて目を丸くするに決まっている。夢だと思うだろう。

「いいから座れ」

奏は渋々言われた通りその場に座った。

「どこに行くの？」

「内裏だ」

「絶対嫌！　降ろして！」

内裏といえば、前回役人に追い回されたところではないか。

「心配せずとも、私が招いた客人に無体なことをする輩はおらぬ」

「……どうして言い切れるのよ」

「決まっている。この世界では私が一番偉いからだ」

「…………は？　するとなに？　天皇陛下か何かってこと？」

「似て非なるものだ」

（ってことは、こいつは天皇陛下ではないけどこの世界の王様か何かってことで合ってる？　あれ、もしかしなくても、わたし、かなりやばい状況なんじゃ……）

王様相手に無礼な口をきいたりしなかっただろうか。

いや、そもそも王様の住処に連行されている時点でいろいろまずい気がする。

（まずいまずい！　無礼者とか言われて縛り首に……）

奏は一人で妄想して蒼白になると、慌てて牛車の物見窓に飛びついた。

「やっぱり降りる！」

「普通の人間が飛び降りれば死ぬぞ。それ以前に、その狭い窓からお前は出られるのか？」

「…………」

奏は沈黙した。アホの子を見るような目をしないでほしい。奏だって自分の胴回りよりも小さな窓から出られると、本気で思っているわけじゃない。

（っていうか、この世界では牛は空を飛ぶのに、わたしは空を飛べないのね）

もしかしたらと思ったけれど、高いところから落ちると地面にたたきつけられるのはこでも同じらしい。

「それに、もう着いた。残念だったな」

男が言うのと、牛車がゆっくりと地面に向かって降りていくのはほぼ同時。

車輪が地面についた瞬間に牛車から飛び降りて逃げようとしたが、その前にひょいっと抱え上げられてしまった。まるで米俵でも担ぐかのように片手で抱えられて、奏は真っ赤になる。

「降ろして！」

「隙を見て逃げるつもりだろう。断る」

手足をバタバタさせてみるも、男は眉一つ動かさなかった。細そうに見えて力持ちだ。

向かって左に橘の木、右に桜の木のある建物の中に入っていくと、男はそのまましばらく歩いて行き、板張りのだだっ広い部屋の中で奏を床に降ろした。

往生際悪く逃げ出そうとした奏の前で、誰もいないのに、格子戸が音を立ててすべて閉まる。

暗くなった部屋の中に、火の玉のような灯りがいくつも浮かび上がった。

「きゃあああああ!!」

条件反射的に、奏は悲鳴を上げた。

「そなたは本当にやかましいな」

男があきれ顔を浮かべて、板張りの床の上に片膝を立てて座る。

「話ができん。座れ。別に取って食うわけじゃない」

奏はびくびくしながら、男から少し距離を取ってその場に正座した。

火の玉のように宙にぷかりぷかりと浮いている灯りのおかげで部屋の中は明るいが、見た目は心臓に優しくない。

「先ほども言ったが、この世界に『中つ国』の人間が迷い込むことはまずない」

「……中つ国？」

「そなたが普段生活をしている世界だ。わかりやすく説明すると、神々が住まう『高天《たかま》の原』、死者が暮らす『黄泉《よみ》の国』。その狭間にあるのが『中つ国』で、それと裏表に存在するのがここ『葦原』だ」

「あしはら……」

（って、なにそれ？）

『高天の原』も『黄泉の国』も、日本神話に登場する世界だ。『葦原の中つ国』というのが人の世を指すことも知っているが、それと関係があるのだろうか。よくわからない。

「『葦原』には、『黄泉の国』に暮らす死者とも違う……ある種の『徳』や『業』を持ったものたちが暮らしている」

「徳や業……？」

「そなたの頭では考えたところでわかるまい」

奏はムッとしたが、確かにさっぱりわからないので、ムカムカしつつも反論しなかった。

「そうだな。簡単な言葉で言うならば……物の怪《け》、妖怪。あとは死んで神となった元人間。こんなところか。そのような存在が住んでいる」

「死んで神様って……菅原道真とか、平清盛とか？」

なんとなく思いつく名前を言うと、男はニヤリと笑った。

「いかにも。ちなみに私が清盛だ」

「……………はい!?」

「だから、そなたの言った平清盛は私だ。道真公も都の中で暮らしている」

「ちょ、ちょっと待ってよ！」

奏は目の前に両手をついて身を乗り出した。

「平清盛って言ったら坊主のおじいちゃんじゃない！」

「………」

男——清盛が無言で僅かに眉を寄せた。

しかし奏は騙されない。平清盛が死んだとき、彼は出家して頭を丸めたおじいちゃんだった。清盛は五十一歳で出家し、法名は浄海と名乗ったと『平家物語』の第一巻『禿髪《かぶろ》』にも書いてある。どう考えても、目の前の二十歳前後の銀髪のイケメンではないはずだ。そもそも銀髪なのがおかしい。古代から現代にいたるまで銀髪の日本人など聞いたことがない。博物館に展示されている絵巻物にも銀髪の公達の絵なんて一つもなかった。

「……………『葦原』では『中つ国』で生きていたころとは外見が変わる」

「変わりすぎでしょ！」

「うるさい。ともかく、そういうことだ。さっきも言ったが、『中つ国』で生きている人間が『葦原』に迷い込むことはまずない」

「じゃあなんでわたしはここにいるのよ」

「知らん」

「はあ?」

「わからぬのだ。しかし、私は『葦原』の管理を任されている身だ。わからんままにしておくこともできぬし……それに、そなたはもう一つ面倒ごとを起こしてくれた」

「面倒ごと?」

清盛は袖の中に手を入れると、一つの巻物を取り出した。

紐を解いてその場に広げると、巻物はものの見事に真ん中のあたりで破れている。

「これはそなたが破いたものだ」

「え、知らないわよ!」

濡れ衣もいいところだ。奏は無銭飲食もしていなければ巻物も破いていない。

ぶんぶんと首を横に振ると、清盛は片眉を跳ね上げて、巻物を奏の目の前に押しやった。

「よく見てみろ」

見ろと言われて、奏は「冤罪もいいところよ」とぶつぶつ文句を言いながら巻物に視線を落とした。

巻物には咲き誇る紅梅と一人の少女、そして蛇の絵が描かれている。

その上に、土足で踏み荒らしたような足跡が点々とついていた。それは、どこからどう見てもスニーカーの足跡だ。

「…………あ」

奏の脳裏に、ふと、内裏を走り回っていたときのことが蘇った。

（そういえばなんか巻物とか草紙がたくさんある物置のようなところに入った気が……）

そして逃げるときに、足元でビリッと何かが破けるような音がしたような、しなかったような。

（やば、どうしよ……）

奏はだらだらと冷や汗をかいた。冤罪でもなんでもなく、犯人は本当に自分だったらしい。

「その足跡には見覚えがあるはずだ。今そなたが履いている靴の跡だろう。違うか？」

「ち……違わなくも、ないかもしれませんけども……」

「往生際が悪いぞ、認めろ」

「すみませんでしたぁ！」

奏はその場に平伏する勢いで頭を下げた。

（これ、弁償かなあ……）

見るからに高そうな巻物だ。奏はこの世界のお金を持っていないし、奏が持っている現代日本の貨幣で代用できたとしても、きっと奏の貯金では足りないだろう。

（どうしよぅ……！）

しかも相手は本当かどうか知らないが平清盛——神様ときた。巻物を破いたことで呪われたり祟《たた》られたりしたらどうすればいいのだろう。

「馬鹿者、弁償ですむ問題ではない」

「また思考を読んだわね！」

「反省しているのかと思ったが、元気じゃないか」

「……うぐ」

清盛は立ち上がると、奏のすぐ目の前まで移動してその場に座り直す。

「先ほど私が、『葦原』には『徳』や『業』を持ったものが暮らしていると言ったのを覚えているか？」

「うん」

「これにはな、その『業』が封印されているんだ」

「っていうと？」

「わかりやすく言うと、『業』を身に宿したままでいると、その魂は徐々に悪鬼に変わっていく。この世界の秩序を守るためには、その『業』を取り除き、悪鬼に染まるのを防がねばならぬ」

「は、はあ……」

わかったようなわからないような。

奏が首をひねりつつ曖昧な顔で頷いていると、説明しても無駄だと思ったのか、清盛は奏に理解させるのを諦めたようだ。

「もういい。つまり、これには悪い魂が封印されていたと思ってくれればそれでいい。お前が破いたことで、これに封印されていた悪い魂が抜け出してしまった。ここまではいいか？」

「うん」

「この魂をこのままにしておくと、この魂が取り憑《つ》いた相手に悪い影響が出る。常ならば、封印されていた『業』は本来の持ち主の元に戻るが、残念ながらこの魂の持ち主だった女子は、私が『葦原』の管理人を任されるより前……千と数百年前に『黄泉の国』に下っていてもうここにはいない。ゆえに封印されていた『業』――悪い魂のようなものは、取り憑く相手がおらず、別の相手に取り憑いた」

「へえ」

「わかっているのか」

「なんとなく?」

「真剣に聞け」

そう言われても、話が荒唐無稽すぎて奏の理解力を超えている。

(おじいちゃんおばあちゃんが信心深い人だからご先祖様とかには感謝するけど、個人的には幽霊とか信じてないしなぁ。『業』とか悪い魂とか言われても意味がわかんないわ)

清盛は「やれやれ」と息をついて、冴え冴えとした銀色の瞳で奏を見据えた。

「ではそなたが真剣にならざるを得ないことを今から教えてやる。この巻物に封じられた『業』は、そなたが巻物を破いた影響で、そなたに取り憑いている」

「なんですって!?」

奏は飛び上がらんばかりに驚いた。

「少しは真面目に聞く気になったか?」

「なった!」

奏にその悪い魂とやらが取り憑いているなんて、冗談ではない。

「取ってよ！　早く！」

「そう簡単に取れれば苦労はせん」

清盛は頭痛を我慢するようにこめかみを押さえる。

「だが、そなたがもう一度こちらに来たのは運がよかったと言えよう。そなたがここへ来なければ、こちらとしても手出しのしようがなかったからな。どうしてそなたがこちらへ渡ってくることができたのかは知らんが、これも神の思し召しか」

（そんな思し召しいらないわよ！）

そもそもここへ迷い込まなければ巻物だって破かなかったのだから、思し召しどころか祟られているとしか思えない。むしろここへ奏を連れてきた神様がいるのなら、声を大にして文句を言いたいところだ。

「どうしたら取れるのよ！　あんた……清盛だっけ？　ここの管理人なんでしょ？　偉いんでしょ？　なんとかしてよ！」

ここに来たのも巻物を破いたのも不可抗力だ。奏が悪意を持ってしたことではないのに、妙なものに取り憑かれるなんて納得いかない。

「なんとかしてやりたいのは山々だが、すぐには無理だ。準備に三日ほどかかる」

「三日？　その三日間にこの、ええっと、なに？　わたしに取り憑いてるっていう悪い魂が、わたしに悪さをしたりしないわよね⁉」

「それはわからぬ」

「それじゃあ困る！」

「そうは言っても、そなたが今どの程度『業』の影響を受けているのかがわからんからな。何か兆候はないのか？　そうだな……例えば妙な夢を見るとか」

（夢？）

奏はハッとした。

夢ならば見ている。白い蛇が出てくる夢だ。

「白い蛇が梅の花びらを集める夢なら見てる！」

「なるほど。思っていたより深刻なようだ」

「ようだ、じゃないわよ！」

何を納得した顔をしているのだろうか。取り憑かれている奏の気持ちも考えてほしい。

「どうするの？　どうなるの⁉　ねえ！」

パニックを起こした奏が縋りつくように清盛の衣をつかむと、彼は奏の手に自分の手を重ねて、やんわりとそれを引きはがした。

「慌てたところでどうにもならん。そなたが取り殺される前になんとかしてやるから、三日待て」

「取り殺される⁉」

（殺されるなんて聞いてない！）

奏は泣きそうになった。

「変なものに取り憑かれて殺されるなんて、絶対嫌だあ！」

「そうならぬようになんとかしてやるから、ぎゃーぎゃー騒ぐな」

無茶言わないでほしい。人間、殺されるかもしれない現実を前にして冷静でいられるはずがないだろう。これで平然としていられたら、頭のネジが数本飛んだ変人だ。

「だって三日もあるんだよ！」

「その三日で殺されることのないように、手は打ってやる」

面倒くさそうな口調で言いながら、清盛がすっと左手を虫でも払うように動かした。

すると、バタバタバタバタと音を立てて、閉まっていた格子戸が開いていく。

「クロ」

清盛が短く呼びかけると、部屋の中に一羽の鴉《からす》が飛んできた。

それは、艶々と黒く光る羽の、なかなか美人な鴉だった。

鴉は清盛の肩にとまると、黒い目でじーっと奏を見つめる。

「クロは『中つ国』と『葦原』を行き来できる私の使いだ。クロ、この娘についていろ。何が起こるかわからん」

「承知」

「鴉が喋った！」

目を丸くした奏は、ふと、その声を以前どこかで聞いたような気がして首をひねる。

（どこだったかな……）

低めのなかなかなイケメンボイスだ。一度聞いたら忘れないと思うのだが、思い出せない。

「……そなた、本当に思ったよりも元気だな。もっと落ち込むと思っていたのだが」

清盛はあきれ顔をして、クロと呼ばれた鴉を腕に乗せて奏に差し出す。

鴉は、ぴょんと跳ねて、奏の頭にとまった。

（なぜ頭!?）

ずしりとした重さがダイレクトに頭と首にくる。

降りてほしくて頭を揺らすも、このクロという鴉、なかなかバランス感覚に優れているようでどれだけ頭を傾けようともずり落ちてこない。

かくなる上は捕まえてやろうと両手を伸ばすも、奏が捕えようとするたびに頭の上でぴょんぴょん跳ばれて、頭をゲシゲシと蹴られている気分になる。

（人を馬鹿にしてるのかこの鴉！）

頭に来た奏がばたばたと頭上で手を振っていると、クロは奏を揶揄《からか》っているように奏の上を三周した。

「クロがついていればそなたが『業』に取り殺されることはないだろう……って、そなた、さっきから何をしているんだ」

「だってこいつがわたしを馬鹿にする！」

「そなたが馬鹿な反応をするからだ」

（使いが使いなら主も主だ！）

この鴉の態度の悪さは清盛の性格が影響しているに違いないと、奏はじろりと清盛を睨みつける。

だが、清盛は奏が睨みつけたところで痛くもかゆくもないようだ。

「準備をしておくから、三日後、またここに来い。そなたに取り憑いた『業』を取り除くには五日ほどかかるため、必要なものがあれば持って来るように」

「五日も!?」

「説明してもわからぬだろうが、『業』とは死霊のように簡単に祓《はら》えるものではないのだ」

その言い方だと、死霊は簡単に祓えるように聞こえる。

「もっと早くならないの?」

「無理だ」

「せめて二日とか。バイトがあるんだけど」

「無理だと言っているだろう。あまり駄々をこねると、『業』を取ってやらんぞ。別に私は、そなたが死んだあとで『業』を回収してもよいのだからな」

「すみませんごめんなさい取ってください!」

清盛に見捨てられたら確実に死ぬ。奏はくるっと手のひらを返して、その場に平伏する勢いで頭を下げた。

「はじめから素直にそう言えばいいものを」

(そう言うけど、わたしじゃなくたって、普通こんなこと信じられないからね!?)

厳島神社から平安京まがいの場所にいつの間にか移動していて、無銭飲食の冤罪で追い回された挙句、やっと元の世界に戻ったかと思えばまたここに飛ばされて……今度は変なものが取り憑いていて取り払わないと死ぬときた。

友達に話したところで、夢でも見たのかと笑われるのがオチだ。もしくは新手の詐欺に引っかかったのかと心配される。

「では今日のところはもう帰れ。三日後、忘れずここに来るのだぞ。……クロ、あとは頼む」

「承知」

（こいつ、『承知』しか言えないのかな。まあ、鴉だし、こんなもんか）

九官鳥だって喋るのだから鴉だって喋るだろう。勝手にそう結論づけようとしたとき、再び奏の頭の上にとまっていた鴉がばさりと飛び立って、黒い双眸を奏に向けて口を開いた。

「早く来い、のろま」

「!?」

「行くぞ、ちんちくりん。早くしないと置いていくぞ」

奏はあんぐりと口を開けた。

「何この失礼な鴉!!」

「いいからさっさとクロについていけ。表に牛車を用意してある。お前はやかましい」

（なんでわたしが悪いみたいに言われてるわけ!?　腑に落ちない!!）

どう考えてもクロという失礼な鴉が悪いはずだ。

（普通さ、こういうときは『巻き込んですまなかったな。そなたの身の安全は確保してやるからもうしばらく耐えてくれ』的な感じで労《ねぎら》われるものじゃないの⁉　なんでどいつもこいつも『あー面倒くさい』みたいな感じなわけ⁉)

奏は巻き込まれただけのはずなのに(巻物を破いた事実は忘れることにする)、この扱いはなんだろう。

むすっと口を曲げてクロのあとをついていくと、清盛の言う通り、階を下りたところに牛車が用意されていた。

クロが先に牛車に乗り込み、奏に向かって「早く来いのろま」と繰り返す。

その言い方にムカムカしつつ、奏が牛車に乗り込むと、ここへ来たとき同様牛車が宙に浮かんだ。

離れていく地面を物見窓から見下ろしながら、奏は牛車の中でせっせと毛づくろいしているクロに訊ねる。

「ねえねえ、この世界の牛って空を歩くの?」

「何を馬鹿なことを言っているんだ?　牛が空を歩くわけないだろう。これはお館様の力だ」

「お館様?　……ああ、清盛」

そう言えば、虹色の魚を売っていた鶏頭の女店主も清盛のことを「お館様」と呼んでいた。「お代官様」とか「お殿様」とかと似たようなものだろうか。

「それで、この牛車はどこに向かってるの？」

「羅城門だ。……お前、ついこの前のことをもう忘れたのか？　羅城門の外から出られると教えただろうが」

「教えた……あ！　あのときの声!!」

ようやく思い出した。

——羅城門の外に行きな。そうすれば出られるぜ、迷い人。

役人から逃げ回っていたときに、ふと、どこからか聞こえた声。この声はクロのものだったのだ。

「今頃気が付いたのかよ。お前の頭の中はからっぽなのか？」

（マジでこの鴉ムカつく。ちょっと感謝しそうになったけどそんな気も失せたわ）

清盛もなかなか失礼だったが、クロは輪をかけて失礼だ。

（はあ、わたし、これからどうなるんだろう……）

こんな失礼なだけの鴉が、役に立つのだろうか。

（この三日の間に死んだら、祟ってやるんだから……！）

奏は物見窓の向こうに見える羅城門を見やって、はーっと息を吐き出した。

三、女子死にて蛇の身を受け法花を聞きて脱るるを得る

「おい、飯はまだか」

「…………」

狭いキッチンの向こう。

ベッドと机しかない六畳の部屋から聞こえてきた声に、奏は味噌汁を作る手を止めて振り返った。

艶々の黒い羽をした鴉・クロが、奏のベッドの上でごろごろしながら目だけこちらへ向けている。

(あいつ、本当になんなのかしら)

鴉のくせにお腹を天井に向けて仰向けになっているなんて、どう考えてもおかしい。

今日、『葦原』から清盛の言うところの『中つ国』に戻ってきた奏には、目的地だった歴史民俗資料館へ向かう気力も残っておらず、そのままフェリーに乗って一人暮らしのワンルームマンションに戻ってきた。

途中、クロの姿が見えなくなったので、どこに行ったのだろうかと思いつつマンション

に戻ると、いつの間に先回りをしたのか、玄関前でのんびり毛づくろいをしているクロがいた。

そして奏の顔を見るなり「腹が減った」と騒ぎ出したのだ。

鴉なんだからその辺でミミズでも捕まえて食べていればいいだろうと返したら激怒したクロに頭をつつかれて、渋々マンションから歩いて五分程度の場所にあるコンビニで二人分の弁当を買ってきた。二人分の弁当代は少々痛手だが、これでも奏の身を守ってくれる存在らしいので、この出費には目をつむることにした、のだが。

汁物がほしいので味噌汁を作っていると、クロは待ちきれないのか、一分に一度のペースで催促を入れてくるのである。まるで眠くて仕方がない朝に容赦なく鳴り響くアラームのようだ。マジで鬱陶しい。

「おい」

「大根に火が通ったらできるから少し待ってなさいよ！」

冷蔵庫を開けると使いかけの大根があったので、今日は大根の味噌汁だ。ちなみに大根しか入っていない。

(苦学生に食事をたかった上に催促するとか、とんだ鴉だわ！)

親は学費とマンションの家賃と光熱費は支払ってくれるけれど、食費は奏自身のバイト代でまかなっている。女子大生はほかにも服とか化粧品とか友達との付き合いとかで何かと入用なので、毎月カツカツなのだ。

コンビニでバイトをしたら余り物をもらえるかと思ったのに、最近は賞味期限切れの弁当をバイトにあげるのは禁止らしい。目論見が外れた奏は、こんなことならコンビニよりも時給の高いほかの店にすればよかったと後悔したが、バイト先を変えるのも面倒くさいので、結局そのまま大学近くのコンビニで働いていた。

（っていうか、五日間休む連絡をしておかないと）

清盛が提示した五日の間に、三日ほどバイトのシフトが入っている。適当な理由をつけて休む連絡をしておかなくては。

大根に火が通ったところで味噌を入れて溶き、奏は買ってきたお弁当を電子レンジで温める。

（そう言えば、催促がなくなったわね）

いい加減諦めたのだろうかと、急に静かになったクロを不審に思って背後を振り向いた奏はギョッとした。

「ちょっと！」

「色気もへったくれもねぇな」

そんな失礼なことを言いながら、クロは取り込んで山にしていた洗濯物に頭を突っ込んで、奏のシャツやら下着やらをくちばしで咥えては部屋中に散らかしていたのだ。

「うるさい！　っていうか何してんのよ！」

「妙なものが入り込んでいないか念のため調べている」

「洗濯物の中を⁉」

「ほかはもう調べたからな」

「ほか……？」

奏がまさかと思いクローゼットに視線を向けると、扉が開け放たれていて中がぐちゃぐちゃに荒らされていた。

「なんてことしてくれんの！」

急いで下着類だけを回収してクローゼットの中に押し込むと、奏はじろりとクロを睨みつける。

「お館様からお前を守るように言われたからな」

「それと下着が関係ある⁉」

「そんなくたびれたものは下着とは言わねぇだろ。お前も年頃の女なんだからもう少し色気のあるものを身に着けろよ。男できねーぞ」

どうして鴉に色気や男の心配をされなければならないのだろうか。余計なお世話である。

「うるさいわね！」

「で、飯は？」

この鴉、部屋の外に追い出していいだろうか。

羞恥半分怒り半分でふるふると震えている奏の耳に、ピーッという電子音が聞こえてくる。弁当が温まったようだ。

奏は折り畳み式のテーブルを部屋の真ん中に置いて、弁当と味噌汁を並べた。

弁当の蓋を開けてやると、クロが器用にくちばしでつついて弁当を食べる。

「弁当はまあまあだ。味噌汁はまずい」

（…………こいつ）

奏のこめかみに青筋が浮いた。

「贅沢言うんじゃないわよ！　あんた鴉でしょ!?」

「鴉は鴉でも、俺様は高貴な鴉だ」

鴉に高貴もへったくれもあるか。その辺を飛び回っている鴉と何が違うんだ。

胡散臭そうにクロを見やると、クロはちょっとムッとしたような声で言った。

「俺は神鴉《おおがらす》だぞ」

「あーはいはい。それだけお喋りできれば偉いかもね」

「信じてないだろう！」

「信じてますよーだ。偉い偉い。ほら、さっさと食べてよ。今日は疲れたから早くお風呂に入って寝たいのよね」

「今に見てろよ！　すぐに俺様のすごさをわからせてやる！」

「はいはい」

奏は弁当を食べ終わると、味噌汁を一気に飲んで眉を寄せる。

（やっぱり出汁入れなかったらまずいわね）

出汁の買い置きがなくなっていたから、まあいいかと出汁なしで味噌汁を作ったが、クロの言う通り確かにまずい。

「お風呂入ってくるから、その間に食べておいてよね」

まだちまちまと弁当をつついているクロにそう言って、奏は着替えを持って浴室へ向かった。

しかし――

「きゃあああああ!!」

狭いユニットバスに湯を張ろうとしたとき、奏はその中にいたものに気づいて悲鳴を上げた。

ユニットバスの中に、とぐろを巻いた蛇がいたのだ。

ちょろちょろと赤い舌を覗かせながら、蛇は金色の目をじっと奏に向けている。

「浴室から出ろ！」

バサリと羽音がして、クロが浴室に飛んできた。

クロがくちばしで蛇を咥えてそのまま浴室の外へ飛んでいく。

コツン、と音がしたので見てみると、クロが足先でベランダに続くガラス戸を叩いていた。

(開けろってことよね？)

奏は震える足でクロのそばまで駆けつけ、ガラス戸を開ける。その途端、蛇を咥えたままクロが夜の闇の中に真っ直ぐ飛んでいって、それからしばらくして戻ってきた。

「蛇は……？」

「山に捨ててきた。あれはただの蛇だ。……だが、まあ、あまりよくない兆候だな」

「『業』とやらの影響ってこと？」

「ああ。おそらくな」

「そんな……」

清盛が来いと言ったのは九月一日だ。あと三日もある。すでに影響が出ているのならば、これからどんどんひどくなるのではないだろうか。そんな予感がする。

夏の夜で、全然寒くないのに、どうしてだろう、体が寒気を覚える。

二の腕をさすっていると、クロが奏の肩にぴょんと飛び乗った。

「心配するな。俺がいる」

「……すごい神鴉なのよね？」

「そうだ。大船に乗ったつもりでいればいい。心配なら一緒に風呂に入ってやるぞ」

奏はちらりとクロに視線を向けて、それから笑った。

「あんたオスでしょ。お断りするわ」

☆

カーテンの隙間から朝日が差し込んできて、奏はぐっと眉を寄せた。

（暑い……けど、もう少し……）

扇風機をつけっぱなしにして寝ていたので多少は涼しいが、真夏の朝の暑さはそれだけではしのげない。

しかし暑さよりも眠気のほうが勝っている奏は、心の中で「あと少し、あと少し」とつぶやきながら、再び夢の底へ沈もうとした――のだが。

「おい、飯！」

コツンコツン、と頭をつつかれて、奏はあまりの痛さに飛び起きた。

ベッドの枕元にちょこんととまっているクロが、寝起きでぼんやりしている奏に向かってさも当然のように言う。

「腹が減った。それから頭が鳥の巣になってるぞ」

この三日というもの、朝は毎日この調子だ。

三日の間に、部屋の中や外で何度も蛇と遭遇したが、そのたびにクロが蛇を捨てに行ってくれたので、彼に感謝はしている。が、それとこれとは別の話だ。

「なんで毎朝毎朝叩き起こすわけ⁉ まだ七時じゃない！ もう少し寝かせてよ！ せっかくの夏休みなのに！ だいたい頭が鳥の巣なのはあんたがつつきまわすからでしょ⁉」

「俺がつつくまでもなく寝ぐせで鳥の巣だ。そんなことより、今日は『葦原』へ行く日だろう。早く起きろ」

「だとしても早すぎよ！ 第一、昨日も一昨日も同じような時間に叩き起こしたんだから『葦原』関係ないでしょ！」

「飯の時間だからな」

(体内時計正確すぎでしょ！　……まあいいわ。クロとの生活も今日までだもの)

奏の体から『業』とやらが出て行けば、喋る鴉との共同生活もおしまいだ。

奏はのそりとベッドから起き出て、リモコンでテレビの電源を入れた。天気予報の確認ついでにニュースを見るのが奏の日課だ。

飯をよこせとうるさいクロに、昨日買っておいた菓子パンを一つ渡してやる。

顔を洗って、ぼさぼさになっている髪を整えると、冷蔵庫からペットボトルのアイスコーヒーを取り出した。グラスにコーヒーと、少しだけミルクを入れて、菓子パンを片手にテレビの前へ移動する。今日から五日も留守にするから、パックに残った牛乳はあとで飲むか捨てるかしておいたほうがいいだろう。

「今日の天気は？」

「まだやってない。どうせ晴れだろ」

カーテンの隙間から覗く日差しを見る限り晴れそうだが、たまに夕方から崩れたりするので油断ならない。

クロと並んで菓子パンを食べつつニュースを見ていると、速報が流れてきた。

微笑ましいローカルニュースを読み上げていたアナウンサーが、キリリと表情を引き締めて速報を読み上げる。

『速報です。先ほど七時三分頃、神奈川県鎌倉市西御門にある法華堂跡に落雷がありました。落雷の影響により、建造物の一部が破損したとのことです。詳しいことは後程お伝えいたします』

「法華堂跡って言ったら、源頼朝と北条義時のお墓があるところじゃなかったっけ？　じゃあ、破損ってお墓が破損したのかな？」

菓子パンを頬張りながら奏は曖昧な記憶をたどった。高校のときに歴史の授業で習った気がする。

「それにしても雷かぁ。夏だから、雷も多いのかな。あんまり壊れてないといいけどね」

「さあな」

クロはさほど興味もないようで、ぺろりと菓子パンを食べ終えると、まだ足りないと騒ぎ出す。

「もうパンないし。じゃあさ、残りの牛乳飲んでよ。余っても捨てるだけだから、飲んでくれると助かるわ」

「まあそれでもいい。よこせ」

奏はクロのために牛乳を深皿に入れてテーブルの上に置いた。

クロが牛乳を飲んでいる間に菓子パンをコーヒーで流し込んだ奏は、『葦原』に持っていくための荷物の確認をする。

（着替えよし、洗面道具よし、と。あっちで洗濯くらいできるだろうし、こんなもんでいいよね？）

スーツケースを持って宮島まで渡りたくないので、リュックサックの中に着替えを詰められるだけ詰め込んで準備を整えたとき、テレビから今日の天気が流れてくる。

「奏、今日は晴れるらしいぞ」

牛乳を飲み干したクロが、どうでもよさそうな声でそんなことを言った。


着替えを入れたリュックサックを背負い、トートバッグを持って、奏は一人で厳島神社に向かった。

宮島に入るなり、クロは「先に行って待っている」と言って飛んで行ってしまったのだ。まあ、鴉を連れて厳島神社の中へは入れないだろうから、逆によかったかもしれない。

これまでと同じように厳島神社本殿で柏手を二回打つと、視界がぐにゃりと歪む。浮遊感と頭痛を感じた数秒後、奏は『葦原』の羅城門の前に立っていた。三回目ともなれば、浮遊感にも慣れてきた。頭痛は、蛇の夢を見るようになってからずっと続いているので、多少痛みが強くなったくらいにしか感じない。

「ちゃんと来られたな」

声がしたので見上げると、羅城門の屋根の上にクロがとまっていた。

羅城門のすぐそばには、清盛がよこしてくれたのだろう、牛車が一台停まっている。

クロとともに牛車に乗り込むと、中には清盛が座っていた。相変わらず作り物のように綺麗な男だ。油断しているとうっかり見惚れそうになる。

(見た目に騙されるな、こいつは性悪、性悪)

「性悪……」

「人を性悪などと言うな」

「考えていることを読まないで！」

「読むまでもなく口に出ていたぞ。そんなことより、問題はなかったか？」

しまった、自分に言い聞かせようとしたせいか無意識につぶやいていたようだ。

バツが悪くなった奏は、ぷうっと頬を膨らませつつ答える。

「蛇がいっぱい出たわ」

「そうか。だがその程度なら大丈夫だったろう？」

大丈夫だったと言えば大丈夫だったが、あちこちで蛇に遭遇するのは気分のいいものではない。だがそれを言ったところで取り合ってもらえないような気がして、奏は不満気に口を尖らせる。

前回と同じように牛車が空に浮き、牛が空を歩きはじめた。

「準備って、できたの？」

「ああ。今から右京の、とある邸へ行く。道真公の紅梅殿よりは劣るが、まあ、それなりに見事な紅梅の木のある邸だ」

「はあ……」

なんだってそんなところへ向かうのだろう。

（その邸と『業』とかっていうのを封印するのと、何か関係でもあるわけ？）

「関係があるから行くのだ」

「だから思考を読まないで！」

奏がじろりと睨んだが、清盛はまったく堪えてなさそうに銀色の双眸を細めて、扇の先で物見窓を開く。

「説明したところでそなたにはわからぬだろうが……」

「馬鹿だからな」

「クロうるさいわよ！」

合いの手のように茶々を入れてきたクロを睨みつけるも、こちらも飄々と羽を揺らして笑っている。

清盛が苦笑して続けた。

「一応説明しておくと、『業』はその『業』が封じられたときと同じようにして封じるのだ」

「それにその邸が必要なの？」

「まあ、そんなところだな」

牛車は四条大路のあたりでゆっくりと降りていく。

四つ足門から牛車が中に入って停まると、簾《すだれ》を押し上げて清盛が外に出た。奏があとに続き、最後にクロが飛んで出る。

清盛のあとをついていくと、広い庭が見えてきた。

大きな池があり、その池の真ん中には見事な梅の木が植えられた中島がある。遣水や池には平橋や太鼓橋がかかっていて、ひと際目につく梅の木以外にも、庭のあちこちに紅葉や松の木が植えられていた。

風流という言葉をそれほど理解していない奏でも思わず感嘆するほど美しい庭だった。

そして、季節は夏のはずなのに、中島に植えられている梅の大木は、紅の花を満開に咲かせている。

　その紅梅を見た途端、奏の目から、ぽたりと涙が零《こぼ》れ落ちた。

「……あれ？」

　悲しいわけでも嬉しいわけでもないのに、涙が溢れて止まらない。

　溢れる涙を手の甲で何度も拭いながら奏が戸惑っていると、清盛が直衣の袖を奏の目元に押し当てた。ふわりと、いい匂いが鼻腔をくすぐって、奏は思わずドキリとする。

「『業』の影響だろう。あの『業』の持ち主だった娘は、紅梅にひどく執着していたからな。死してなお、蛇に化けて紅梅に住み着くほどに」

　いい声で耳元でささやかれて、奏は不覚にもドキドキしてしまった。清盛はだいぶ失礼な男だが、奏が知っているどのアイドルや俳優よりも綺麗でいい声をしているのだ。

（こういうのをきっと女の敵って言うんだ……！）

「何故敵になるんだ。馬鹿なことを考えていないで、さっさと来い。もう涙は止まっただろう」

「だから思考！」

　読むなというのにどうして読むのだろう。プライバシーの侵害もいいところだ！

　ムカムカしながらついていくと、清盛に案内されたのは、四つ足門からほど近いところにある部屋だった。

清盛が片手を振り上げると、降ろしてあった御簾がくるくるとひとりでに巻き上がる。部屋の中には畳が敷かれていて、奥には桜色の帳《とばり》がかかっている帳台があった。平安貴族のお姫様が眠るときに使うやつだ。

梅の花が描かれた屏風のほかに、何に使うのかはよくわからないが、博物館に展示されていそうな漆塗りの調度品も並んでいた。

「そなたにはこの東対《ひがしのたい》で五日間すごしてもらう。毎日夕暮れ時に誦経《しょうけい》を行うが、それ以外は自由にすごして構わん。念のためクロを置いておく」

「誦経って?」

「法華経だ」

「法華経?」

(それって『平家納経』にもあったお経の一種よね? お経っていったら般若心経しか聞いたことがないから、どんなお経かはわかんないけど)

奏がお経を聞く機会があるといえば、お葬式や法事のときの般若心経くらいだ。だからほかの経典を聞く機会もないので、法華経と言われてもさっぱりわからなかった。

(法華経を唱えるのとわたしに取り憑いている『業』を祓って封印することに、なんの関係があるのかしら？）

　だが質問したところで理解できそうになかったから、気にするのはやめておいた。とにかく清盛の言う通りにしていれば、『業』とやらを取り払うことができるはずだ。

「私は毎日夕方にここへ来る。それから、ここは持ち主に頼んで借りている邸だ。自由にしていいとは言ったが、あまり騒々しくせぬように。食事はこちらで用意する。家主が気を遣って食事や間食を運んで来るやもしれぬが、私が運ばせたもの以外は口をつけぬように」

「なんで？」

「『葦原』の食べ物を『中つ国』のものが口にすると、戻れなくなるぞ」

「え⁉」

「だから以前、そなたが魚を食べようとしたのを止めただろう」

　そういえばせっかくもらった虹色の魚を清盛に奪われたことがあった。清盛が「奪い取ったのではない。あれは親切だ」と言っていたが、そういうことだったのだ。

（もっと早く教えてよ！）

「そなたが訊かなかっただけだ」

「だから心を読むのはやめてってば！」

「そなたの場合、わざわざ心を読まなくても顔に書いてあるがな。……こちらのほうで、『中つ国』の食事を用意させる。それ以外は口にせぬように。いいな?」

清盛はもう一度念を押して、奏を置いて出ていってしまった。

ぽつんと置いて行かれた奏は三分もしないうちに淋《さび》しくなって、クロの姿を探す。

「ねえクロ――」

帳台の中に見つけたクロに話しかけようとした奏は、口をつぐんだ。

騒々しい鴉が妙に静かだとは思っていたが、クロは足を投げ出すように横を向いて寝転がって、くかーっと幸せそうな顔をして眠っていた。

夕方になって、清盛が知らない男を二人連れて戻ってきた。

二人とも剃髪していて、見るからに僧侶とわかる墨染の法衣を着ている。

誦経の前に夕食を先に取っておけと言われて運ばれてきたのは、焼き魚定食っぽいお膳だった。

(昼はカレーが出てきたし、清盛はいったいどこからご飯を持ってきているのかしら?)

夕食を運んできた人は、緋色の袴姿の女性たちだ。昼食も彼女たちが運んできた。さしずめ彼女たちは「女房」と言ったところだろうか。顔に白粉もはたかれていないし、昔風の化粧もされていなかったが、なんとなくそんな感じがする。

「ごゆっくり」

彼女たちはにこりと奏に微笑んだあとに、ちらりと清盛に視線を向けて、ポッと頬を染めてしずしずと下がっていった。

（イケメンがモテるのはどこでも一緒か）

清盛はこの世界で偉い立場の人のようだから、身分も高くて顔もよければそれはモテるだろう。熱のこもった彼女たちの視線を笑顔一つで平然と受け流したその様子からも、手慣れている感じがする。女の敵め。

（ま、わたしは興味ないけどね！）

色男よりも目の前のご飯のほうが奏には重要だ。

「いただきまーす」

白いご飯に鮭の塩焼き。味噌汁に酢の物にお漬物。やっぱり日本人は和食が一番と、奏はぽりぽりと沢庵を頬張る。

（この沢庵うまっ）

夢中になって沢庵をつまんでいると、僧侶たちに指示を出していた清盛がやって来た。

「そういえばクロはどうした」

「さっきそこの廂《ひさし》に蛇が出て、捨てに行ったよ」

奏の周りに蛇が出るのは、『葦原』に来てからも続いていた。ここに来てからクロが捨てに行った蛇は二匹目だ。

蛇を最初に見たときは、ぞわぞわと産毛が逆立つような気持ち悪さと例えようのない恐怖を感じたものだが、毎日見ていればさすがに慣れてくる。だんだんと蛇への対応も機械的になってきて、見つけたらクロを呼んで片付けてもらうという一連の作業が定着していた。

「そうか。ならばじきに戻ってくるだろうな。私たちは準備をするが、そなたは気にせず食事を続けていてかまわん」

「うん、わかった」

とは言いつつも、気になるのが人間というものだ。

ご飯を頬張りながら、奏はちらりと、部屋の中でごそごそしている僧侶二人を見やった。

彼らは部屋の中のものを動かして、お香を焚きはじめる。仏壇の線香によくある香りがした。

（なんだったっけ、これ。白檀？　あ、でも白檀は火を使わないんだっけ。じゃあ……なんだ？）

考えたけれどお香に詳しいわけではないのでわかるはずもなく、奏は「ま、いっか」で片付けた。祖父母の家に遊びに行くと、仏間で食事を取ることが多かったため、線香の香りをかぎながら食事を取ることに抵抗感はない。

奏の食事が終わるころにクロが戻ってきて、それから間もなくして僧侶たちの準備も整った。

「彼らは清範と権久だ。今日から五日間、交代で講師を務める」

紹介された清範と権久という二人の僧が小さく会釈をする。二人とも、穏やかそうな四十代くらいの僧侶だった。

（『葦原』では生前と姿が変わるって清盛は言ってたけど、この二人はザ・日本人僧侶って感じよね）

どこにも違和感を覚えない。その辺のお寺に普通にいそうな僧侶たちだった。

「わたしは何をすればいいの？」

女房たちが奏の食べ終えた膳を片付けて、食後のお茶を出してくれた。これも口をつけていいと清盛が言ったので、ちょっと苦いお茶をちびりちびりと飲みながら訊ねれば、清盛からは「何も」と答えがあった。

「そなたは何もせず、ただ聞いていればいい」

「ふうん……？」

（本当に、これになんの意味があるのかしら？）

何もしなくていいのは楽でいいが、お経を聞いていればいいなんて、まるでお葬式か法事だ。だらしのない体勢をしていると失礼に当たる気がして、奏は畳の上に正座をすると背筋を正す。

清盛は半蔀《はしとみ》の外の廂に、角柱に寄りかかるようにして胡坐《あぐら》をかいていた。

今日は、清範という僧侶がお経を唱えるようだ。

「如是我聞《にょぜがもん》。一時佛住王舎城耆闍崛山中《いちじぶつじゅうおうしゃじょうぎしゃくせんちゅう》――」

すっと息を吸い込んで静かに吐き出される声は静かで、それでいて空気がびりびりと振動するような不思議な響きがある。

線香のような香りが、清範の声に合わせてどんどん強くなっていくような気がした。

何やら白い煙のような靄《もや》のようなものが、足元をゆっくりとくゆりながら部屋中に帯のように広がっていく。

清盛が無造作に蝙蝠扇《かわほりおうぎ》を広げて軽く振ると、何もないところからふわりと梅の花びらが飛び出して宙を舞った。

煙と紅梅の赤い花びらが部屋の中をゆっくりゆっくり漂う。

線香のような香りに交じって梅の香りがした。

頭がぼーっとしてきて、何も考えられなくなる。

どのくらい時間が経っただろうか――

ぼんやりと清範の唱える法華経を聞くでもなく聞いていると、突如、パチリと何かが弾けるような音がした。

その音に奏がハッとしたときには、部屋に漂っていた煙も花びらも、香りすらも消えていた。

「今日はこれで終いだ」

清盛の声がして半蔀の奥の彼に視線を移せば、彼のさらに奥に見える空はすっかり暮れて、星が綺麗に瞬いていた。奏にはほんの僅かな時間のことに思えたが、誦経をはじめてからそれなりに時間が経過していたようだ。

「また明日の夕方に来る。ではな」

清盛はそう言って、清範と権久を伴って部屋から出ていく。

目の前で舞っていたはずの紅梅の花びらはどこへ消えたのだろうかと、奏がふと庭の紅梅の木に視線を投げると、そこには白い蛇が枝に巻き付いていて、奏と目が合うとふっと煙のように掻き消えた。

☆

「暇だぁー」

次の日、奏は畳の上をごろごろしながら、朝から何度も同じ言葉を繰り返していた。

「こんなことならノートパソコンを持ってくればよかったー。レポート書けたのにー」

スマホゲームで時間を潰そうと考えたが、この世界では充電できないので、ゲームをしても充電が減る一方だ。

かといってほかにやることもなく、何か暇をつぶすものはないものかと部屋の中に視線を彷徨《さまよ》わせていると、女房たちが漆塗りの箱を持ってやって来た。

「まあまあ、はしたないですよ。お暇なら、こちらでもいかがですか？」

おやつかと思って奏が飛び起きると、箱の中に入っていたのは綺麗に彩色されたハマグリの貝殻だった。

「貝合わせです。なかなか難しいのですよ」

(貝合わせって平安時代の遊びよね？)

遊びなら貝合わせよりも蹴鞠のほうが嬉しいのだがと思いつつ、畳の上に出されたハマグリの貝殻を一つつまみ上げる。

「すっごく細かい。どうやって描いているのかしら」

貝殻の中にはものすごく緻密な絵が描かれていて、奏が持っている貝には横笛を拭く平安公達が描かれていた。銀色の髪が、どことなく清盛を思わせる。

「清盛に似てる」

「もちろんですとも。お館様を描いた絵でございますからね」

なんと、清盛は貝合わせの絵のモデルにもなっているらしい。

お館様、と口にする女房たちの顔が恋する乙女のような表情になっていた。

「ほかにもお館様の絵がございますよ」

そう言いつつ、女房が見せてくれたのは「舞を舞う清盛」「微笑んでいる清盛」「桜の木をバックにたたずむ清盛」などなど。

（っていうかほとんど清盛じゃん！　っていうとあれですか？　この貝はさしずめアイドルのブロマイドですか!?）

どこの世界にもアイドル的なものは存在するらしい。

唖然《あぜん》とする奏をよそに、女房たちが貝合わせの方法を教えてくれる。数十個もある貝の中から、ピタリと合わさる貝を見つけていくのだそうだ。一見どれも同じにしか見えないが、ピタリと合うものはそれぞれ一つしかないらしい。

時間つぶしにはもってこいだが、奏が思っていた暇つぶしとはだいぶ違う。

しかし女房たちも暇なのか、すっかりやる気に満ちていて断れそうにない雰囲気だ。

クロはどこから持って来たのか、干し芋をもぐもぐと食べつつ、片方の羽を適当に振っていらぬ応援をしてくれる。

「おーがんばれや。勝ったほうには、お館様にちゅーしてもらうように頼んでやるぞ」

「きゃあ！」

（お姉さんたちが喜んでるところ悪いけど、わたしはそんなご褒美はいらない……）

ちっともやる気が出ないご褒美だ。どうせならケーキとかジュースのほうがいい。

清盛がいくらイケメンでも、千年近く前に死んだ人だ。神様か幽霊か知らないが、現実味がなさすぎて全然テンションが上がらない。それに、自分の何倍も何十倍も綺麗な男の人は勘弁だ。隣に立つとみじめになる。イケメンもほどほどがいいのだ。ついでに、もっと性格のよさそうな男がいい。

俄然やる気になった女房たちの勢いにたじたじになりながら貝合わせをしていると、突然、床ががたがたと揺れはじめた。

「地震⁉」

「馬鹿言え！　『葦原』で地震なんか起きるか！」

にやにやと目を細めて貝合わせを見守っていたクロが弾かれたように庭を見て、チッと舌打ちする。

見れば、庭の池の真ん中あたりから、ぬっと何かが突き出していた。

「まさかネッシー⁉」

「ネッシーってなんだ。ありゃぁ蛇だ！」

「蛇？　蛇って大きさじゃないでしょ⁉」

頭だけで奏の身長ほどあるかもしれない。あれが蛇なんて冗談もいいところだ。世界最大級のオオアナコンダでもあんなに大きくない。

「こりゃあこの姿じゃ無理だな」

ぼやいたクロが、奏の目の前で突然その姿を変えた。

「へ？　え？　ええ⁉」

奏はあんぐりと口を開けて目を点にした。

それはそうだろう。鴉だったはずのクロが、一瞬で人の姿に変わったのだ。

（変身した⁉　どうなってんの⁉）

肩甲骨のあたりまでの癖のない黒髪に、黒い瞳。衣も黒い狩衣姿だ。

手には鍔《つば》も鞘《さや》も黒い太刀を持っている。クロが無造作にそれを鞘から抜けば、刀身まで黒かった。

抜き身の太刀を片手に、クロが床を蹴って宙に飛び上がる。

「クロ!?」

「動くな。すぐに片付く」

振り返りもせずにそう言って高く跳躍したクロが、巨大な蛇の頭上から、真っ直ぐ縦に太刀を振り下ろした。

蛇が頭から真っ二つに裂けたかと思えば、それは白い煙のようなものに形を変えて、まるで幻のように消えてしまう。

クロが蛇の消えた池の水面を睨んだあとで、肩越しに振り返った。

「お前に取り憑いている『業』は、どうやらよほどお前の肉体がほしいらしいな」

奏はぞっとして、思わず自分自身を抱きしめた。

「なるほど、そんなことがあったのか」

　夕方になって、今日も清範と権久の二人の僧を連れてきた清盛に大蛇の話をすると、彼は特に驚きもせずに一つ頷いた。

「お前に取り憑いている『業』も、封じられまいとして必死なんだろう。今日を合わせてあと四日。これからさらに抵抗が強くなるだろうな」

「そんな！　今日みたいなことがまたあるってこと!?」

　さすがに今日の大きな蛇には身の危険を感じた。あんなのが何度も出てくるようなら、安心して眠ることもできない。

「大丈夫だ。そのためにクロをつけている」

　そのクロは、大蛇を斬りつけて退治したあとで再び鴉の姿に戻ると、何事もなかったかのように奏の帳台の中で惰眠をむさぼっていた。今もくーすかと気持ちよさそうにいびきをかいている。

「そういえばクロってなんなの？　人の姿になったんだけど」

「クロはクロだ。『高天の原』の神の使いでもある神鴉で、私が『葦原』に来るよりも前からここにいて、ここを守っていた」

「ただの鴉じゃなかったの？」

「逆に聞くが、ただの鴉が喋るのか？」

（正論だけど、腑に落ちない！）

ここでは馬顔や魚顔、鶏顔をした人たちも普通に人語を喋っていた。だから喋る鴉も当たり前なのかと思っただけだ。

清盛はじっと奏を見つめたあとで、ふっと少し意地悪な顔をした。

すすっと膝行して奏との距離を詰めると、急な接近にびっくりして動けない奏の頬に手を添えて、耳元に口を近づける。そして、吐息でささやくように言った。

「詳しく知りたいのなら、教えてやらんでもないが……秘密を知れば『中つ国』に帰してやれぬが、それでもいいのか？」

「へ!?　――!?」

そんな重大な秘密だったのだろうかと、びくりと肩を揺らした直後、ちゅっと頬に清盛の唇が触れて奏は飛び上がらんばかりに驚いた。

「な、な――」

「貝合わせではそなたが優勢だったのだろう？　クロから勝者に口づけしろと伝言があったのでな」

「～～～～～～～!!」

「『ちょっと顔がいいからってなんなのこいつ。わたしのファーストキスだったのに!!』

……ふむ、はじめてだったのか。それは悪かったな。だが、頬に口づけたくらいで少々大げさではないか？」

「人の心を読むな!!」

奏は清盛に口づけられた右頬を押さえて、座ったまま じりじりと後ろに下がる。

不覚にも、心臓がドキドキと言っている。

(違う違う、これはときめいたんじゃなくて驚いただけだもん！　自分より綺麗な男はタイプじゃないもん！)

奏が顔を赤くしてぷるぷる震えていると、清盛はクックッと喉を鳴らして笑って、ぽん、と奏の頭に手を置いた。

「冗談だ。クロは鴉でありながら鴉ではなく、人でもない。神格ゆえ、自在に姿を変えられるのだ。そう不貞腐れるな。ちなみに私も姿を変えることは造作もないぞ。利点がないから、そのようなことはせぬがな」

(冗談って、秘密を知ったら『中つ国』に帰れなくなるっていうのが冗談ってこと？)

つまり、揶揄われたのだ。

むうっと頬を膨らませていると、今日の夕ご飯が持ってこられた。今日はざるそばらしい。美味しそうな天ぷらもついている。

「それでも食べて機嫌を直せ」

食べ物につられるかと心の中でささやかな抵抗を試みるも、単純な性格の奏は、ざるそばを一口食べたところでころっと機嫌を直した。何このざるそば、めちゃくちゃ美味しいんですけど！

「そなたは単純だな」

「単純で悪い？」

「悪いとは言っていない」

目を細めて笑って、清盛が立ち上がる。

奏がざるそばに舌鼓を打っている間に、昨日と同じく清範と権久がせっせと部屋に読経のための場所を整えて香を焚いていた。線香のような香りが少しずつ部屋に広がっていく。

清盛も昨日と同じように角柱を背に廂に胡坐をかくと、中島に咲き誇る紅梅に視線を向けた。

「花が少し散ったな」

言われてみれば、紅梅の木の下に赤い花びらが薄く積もっている。だが、言われなければ気が付かない程度だ。

（そりゃ咲いているんだから散りもするでしょ）

ずずーっとざるそばをすすって、天ぷらをかじる。これで蕎麦湯があれば完璧だったのにと思っていたら、蕎麦湯が運ばれてきた。へへ、幸せ。

「あー、おいしかった！　ごちそうさま！」

奏がぺろりと蕎麦を完食したときには清範と権久の準備は終わっていた。

今夜は権久が読経の担当らしい。今日は法華経の第二巻だそうだ。

清範に負けず劣らずのいい声で権久が読経を開始すると、昨日と同じく線香のような香りとともに足元に白い靄が広がっていく。

清盛が蝙蝠扇を広げて軽く振れば、紅梅の花びらが靄に交じるように舞った。

線香と紅梅の香り。

奏の意識がぼんやりとしてきて、何も考えられなくなる。

何気なく視線を庭に向けると、中島の真ん中にある紅梅が、はらはらと花びらを散らしていた。

その花びらが螺旋《らせん》の渦を巻いて集まり、奏のいる東対の露台の近くに移動してくる。

そして、螺旋を描きながらくるくると舞っていた花びらが煙のように消えると、露台の近くに紅梅の木が現れた。

奏は無意識のうちに立ち上がり、格子戸の近くに座り直すと、じっとその紅梅を見つめる。奏自身にも、自分が何をしているのかわからなかった。

ただじっと露台の前の紅梅に見入っていると、突如、パチリと音がする。

奏がハッと我に返ったときには、露台の前の紅梅の木はなくなっていて、すぐ近くに清盛がいた。

「大丈夫か？」

問われて、どうして「大丈夫」と訊ねられたのかと疑問を持ちながらも、コクリと頷く。

「自分の名前が言えるか？」

「幸村奏……」

清盛はなんの確認をしているのだろうか。

不思議に思いながら奏が自分の名前を名乗れば、「ならばよい」と清盛が頷く。

「今夜は終いだ。また明日、同じ時間に来る」

「うん……」

ポン、と労うように、清盛が奏の頭を軽く撫でて立ち上がる。

奏が清盛と清範と権久が去っていくのを見るでもなく眺めていると、眠っていたはずのクロがいつの間にか起きていて、人の姿となって奏の額に手を当てた。

「少し熱い。今日はもう寝ろ」

自分でも額に手を当ててみると、クロの言う通り、少し熱がありそうだった。

☆

次の日も、同じ時間に清盛が清範と権久を伴ってやって来た。

「変わりないか？」

「うん」

今日も蛇は出たが、クロが退治してくれたので、いつもと同じで奏の身が危険にさらされることはなかった。

昨日の夜にあった熱も朝起きれば引いていて、熱の名残で少しだけ気だるく感じる程度だ。

「それならいい。今日も先に夕食を食べていろ」

清盛が言うと、女房たちがすぐに夕食を運んできてくれた。膳の上に乗っている食事に、奏はぱあっと顔を輝かせる。

「穴子飯だ！」

「それだけ食欲があれば大丈夫そうだな」

ご機嫌で穴子飯を頬張っていると、清盛がどこかあきれ顔で苦笑した。

クロはさっきから人の姿になっていて、庭をぐるぐると歩き回っている。そのクロがふと紅梅の木の根元で立ち止まったので、奏はなんとなく気になって視線を向けた。紅梅は昨日よりも散り方が激しく、まるで薄紅色雪が降っているかのように花びらが舞っている。

(散るのちょっと早くない?)

紅梅の木の根元は、まるで絨毯《じゅうたん》を敷いたかのように薄紅色に染まっていた。

「ねえ、クロはさっきから何をしているの?」

清盛に訊ねると、彼は扇でパタパタと自分に風を送りながら答えた。

「異常がないか見ているのだろう。そろそろ妨害があってもおかしくない」

「妨害?」

妨害とはなんのことだろう。

「『業』と言うのは、言い換えるならばある種の執着だ。それが強ければ強いほど、封じようとすれば強い抵抗を見せる。そなたに取り憑いている『業』は、生前愛した紅梅への強い執着だ。離れたくない。そんな思いの果てに、ある娘が死後、蛇に身をやつしてまで紅梅にしがみついた。そなたに取り憑いているのはそんな『業』だ。そなたから『業』を取り除き封じるということは、無理やりにその執着を切り離すということだ。思いが強ければ強いほど、抵抗は大きくなる」

「だから、妨害があるってこと?」

「そうだ。クロは読経の途中で妨害が入らないかどうか、念入りに調べている」

「ふぅん」

「……わかったのか?」

「たぶん」

百パーセント理解したかと言われればそうではないけれど、なんとなくわかった気がする。

清盛は銀色の瞳に疑わしそうな色を乗せて奏を見たが、それ以上は何も言わず、廂に移動すると角柱を背に胡坐をかく。

奏が穴子飯を食べ終わると、庭を調べていたクロが戻ってきた。

女房の手によって膳が下げられると、清範の読経がはじまった。

線香のような香りとともに足元に白い煙が広がり、清盛が扇をひらりと扇《あお》げばどこからともなく紅梅の花びらが現れて煙に交じって部屋の中を舞う。

奏の意識がぼんやりとしてきたところで、庭の紅梅の木の周りの花びらが、螺旋の渦を巻くように舞い上がった。

螺旋を描きながら東対の露台の前に集まった花びらが、一本の紅梅の木を作り出す。

奏は無意識のうちに立ち上がると、裸足のまま階を降りて、露台の前の紅梅の木の根元に立っていた。

ひらりひらりと花びらが舞えば、地面に落ちた花びらを拾い集めていく。

（わたし……何をしているのかしら？）

花びらを拾い集めながら、奏はぼんやりとまとまらない思考のまま考えた。

別に花びらなんて集めたくないのに、どうしてこんなことをしているのだろう。

自分自身でもわからないのに、自分の意思では止められなくて、奏が一心不乱に花びらを集めていると、紅梅の木の枝に白い蛇が巻き付いているのに気が付いた。

視界の端で、クロが立ち上がる。

白い蛇がちょろちょろと赤い舌を覗かせたかと思えば、素早い動作で読経をしている清範めがけて飛び掛かった。

清範の腕に蛇が噛みつく直前で、クロがそれを黒い太刀で斬って捨てる。

蛇は、クロに斬られた直後に煙になって消えた。

心の奥底の自分は驚いているのに、ぼんやりとした思考ではなんの反応もできず、奏はせっせと花びらを集め続ける。

やがて、パチリと音がして、奏の意識がふっと浮上した。

我に返ると、奏は両手いっぱいに紅梅の花びらを持っていた。目の前にあったはずの紅梅の木は消えてなくなっている。

ふわりと風が吹いて、奏の手の中にあった紅梅が空に舞い上がった。

「今日はこれで終いだ」

清盛の声がして振り返れば、彼は気づかわしげな表情を浮かべていた。

「思ったより影響が強いな」

そう言って、あっと思ったときには奏は清盛の腕の中にいた。横抱きに抱え上げられて、驚きのあまり目をしばたたいていると、清盛は奏をそのままクロに託す。

「今宵も熱が出るだろう。早く休ませてやってくれ」

そう言って、清盛は奏の頭を撫でると、清範と権久を連れて邸を出ていく。

クロが奏をそっと帳台の褥《しとね》の上に降ろした。

「寝ろ。たぶん、昨日より熱が上がる」

そう言われたときには奏の体はかなり熱くなっていて、奏はほとんど気を失うように意識を手放した。

☆

——愛おしい。

そうつぶやいたのは、自分だったろうか、それとも違う誰かだったろうか。

気づけば奏は紅梅の根元に立っていて、ごつごつした木の肌を細い指先で撫でては、満開に咲き誇る赤く愛らしい花々をうっとりと見上げていた。

目の前をはらりと散っていった花びらを追いかけて池のそばまで駆けていくと、奏は水面に映った自分の顔にぎくりとする。

紅梅の花びらが小さな波紋を落とした池の水面に映っていた顔は、奏のものではなかったからだ。

ふっくらとした頰。

艶やかな、くるぶし近くまである長い黒髪。

小さな唇は、まるで紅梅の花びらのように鮮やかな赤で、黒曜石のような双眸は、けぶるような長い睫毛に覆われている。

可愛らしい少女だった。

年のころは十二、三歳ほどだろうか。

奏は驚いて息を呑んだが、目の前をはらはらと花びらが横切るのを見た途端、その驚きもどこかへと消え失せた。

「ああ、愛おしい」

自然と、舞い散る花びらに向けてそんなことをささやく。

宙を舞う花びらに手を伸ばして、ひらりと落ちてきた一枚の花弁を大切そうに胸に抱く。

「愛おしい、愛おしい……わたくしの紅梅……」

いったい自分は、何を言っているのだろう。

どうしてこんなに、ただの梅の木が愛おしいのだろう。

つかみ取った花びらを袂《たもと》に入れて、今度は水面に浮かんだ花びらを取ろうと、奏は手を伸ばす。

指先に水が触れたそのとき、突如水の中から誰かの手が飛び出してきた。

悲鳴を上げる間もなく、水の中の何者かに手首をつかまれる。

——戻れ!!

水の中に引きずり込まれそうになったとき、耳の真横で怒鳴り声がした。

「————っ」

ハッと息を呑み目を見開いた瞬間、奏は別の場所にいた。

薄暗い室内、うっすらと残る線香の香り。

緩慢な動きで目をしばたたいていると、額にひんやりとした何かが触れる。

「大丈夫か？」

声が聞こえて首《こうべ》を回《めぐ》らせると、枕元に清盛が座っていた。

額に触れているひんやりとしたものは清盛の手だった。

「……冷たくて気持ちいい」

まだ少しぼーっとしながら何気なくつぶやくと、清盛があきれ顔をする。

「それはそなたが熱いからだ」

「熱い……？」

（そっか、熱があるんだった）

そんなことすら、今の今まで忘れていた。

「そなたはなかなか感受性が強いようだな。普通、他人の『業』にこんなにも早く共鳴しないはずなのに」

「共鳴……？」

「夢を見ただろう？」

「夢……」

夢を見たかと言われると、見たような……。

ぼーっとしすぎて、あんまり覚えていないのだ。

「夢なら、前も見たよ……？」

「あのときとは状況が違う」

それは、どう違うのだろう。奏には夢の違いなんてわからない。

「そなたは『業』の持ち主に同調しすぎている」

そう言って、清盛の指先が奏の目元を拭う。そこではじめて、奏は自分が泣いていたことに気が付いた。

「夢を見るのは、まずいこと……？」

「入り込みすぎると、そのまま捕らわれて目を覚ませなくなる」

「寝ないほうがいいってこと……？」

熱があるせいか、体が気だるいのだ。本当は今すぐにも意識を手放してしまいたかった。

この状態で起きていろと言われるのはある種の拷問だ。

「いや――」

清盛は再び奏の額に手のひらを乗せる。

「そばについていてやろう。だから、眠ってもいいぞ」

「清盛がいたら、夢見ない？」

「ああ」

「そっか……」

それなら安心だ。

ホッとした奏は、額の清盛の手に自分の手を重ねて、そっと目を閉じる。清盛の手は、ひんやりとしていて気持ちがいい。

「まったく……、手のかかる娘だ」

すぅ――と引きずり込まれるように眠りに落ちた奏は、その直前、清盛のそんな苦笑交じりの言葉を聞いた気がした。

☆

次の日は、権久が読経する番だった。

（五日ってことは、明日で最後よね）

今日で四日目だ。

本当にこれで『業』とやらが取れるのだろうかと不安に思いつつ、奏は足元に広がる白い靄と花びらを見つめる。

例にもれず、意識がだんだんと霞がかったようにぼんやりしてきた。

中島にある紅梅の木の根元に散った花びらが螺旋の渦を描きながら舞い上がり、東対の露台の前に集まる。

それが姿を変えて一本の紅梅の木になったとき、奏は無意識のままに立ち上がると庭に下りた。

いつの間にか奏の手には木でつくられた柄の長いスコップのようなものが握られていて、露台の近くの紅梅から少し離れたところを、せっせと掘り起こしていた。

何故自分がこんなことをしているのかわからないまま地面を掘り進め、程よい大きさの穴が出来上がる。

スコップが消えると、今度は奏の手には一本の紅梅の苗木が握られていた。

(なんでわたし、梅の木を植えてるのかしら……?)

ぼんやりとした思考の端っこでそんなことを考えるも、手は止まらず、苗木の根の部分を穴の中に入れると、再び現れたスコップでせっせと土をかぶせていく。

花のついていなかった苗木は、ゆっくりと奏の目の前で成長し、次第に花を咲かせはじめた。

その紅梅をぼーっと眺めていたとき、パチリと音がして奏はハッと我に返る。

目の前にあった紅梅は消え失せていた。

「わたし……」

土で汚れた自分の両手を見つめて茫然としていると、清盛にひょいっと抱き上げられる。

「大きく息を吸え」

清盛に言われた通り息を大きく吸い込むと、彼が衣に焚きしめている香だろうか、ふわりといい香りがした。

いつの間にか現れた女房たちが、奏の手と足を丁寧に拭ってくれる。

清盛が奏を抱えたまま帳台へ歩いていくのがわかったが、彼が帳台に到着するより先に、奏の意識は闇に呑まれた。

☆

薄暗い夜の闇の中に、紅梅の木だけがライトアップされたように浮かび上がっている。

はらはらと舞う花びら一つ一つも、まるでそれ自体が薄紅色に燃えているように明るくて、闇に包まれている庭をぼんやりと照らしていた。

奏の体は何故か宙に浮かんでいて、その光景を俯瞰《ふかん》するように見下ろしている。

ああ、これは夢だ――と、今日ははっきりとその事実がわかった。

「下に降りるなよ」

声がして振り向けば、すぐ隣に清盛がいた。

彼もやはり宙に浮かんでいて、奏と同じく下を見ていた。

「ここって、いつもの夢だよね？」

「そうだ」

「意識がはっきりしてるのは、清盛のおかげ？」

「そなたは取り込まれやすいからな」

清盛ははっきりとは答えなかったが、彼の口端が僅かに持ち上がったのを見て、奏は確信する。

昨夜の夢のときのように、清盛が奏を助けてくれているのだ。

「ありが――」

――いや。

清盛に感謝を告げようとしたそのとき、脳内に直接声が響いてきて奏はびくりと肩を震わせた。

下を見れば、東対の簀子《すのこ》に白い小袖姿の少女が座っていた。

少女は血の気のない蒼白な顔をしていたが、昨夜、奏の夢の中で池の水面に映った少女と同じ少女だった。

少女は高欄に小さな両手をついて、縋るような目で紅梅を見つめていた。

――いや。

はらはらと、少女の黒曜石のような瞳から涙が溢れて零れ落ちている。

――死にたくない。逝《い》きたくない。離れたくない……！

脳内に響く少女の声に、まるで頭を殴られたような強い衝撃を感じた。

ぐらりと前のめりに傾《かし》いだ奏の身体に、清盛の腕が回される。

「引っ張られるな」

清盛が支えてくれなければ、奏はこのまま真っ逆さまに落ちていたかもしれない。

清盛はそのまましっかりと奏を抱き寄せる。

夢なのに清盛の衣からは焚きしめられた香の香りがした。それどころかしっかりと体温まで感じて、奏の心臓がドキリと脈を打つ。

（ちょ、なんで抱きしめられてるの……!?）

近すぎる距離に、奏はパニックになりそうだった。

顔にどんどん熱がたまってきて、心臓がドキドキと早鐘のように脈打ちはじめる。

彼氏いない歴十九年の奏には、この状況は刺激が強すぎた。

硬直して動けない奏の頭の中に、また少女の声が聞こえてくる。

——愛おしい、わたくしの……。

清盛の腕の中から下を見下ろせば、少女が簀子を這うようにして、庭に降りようとしていた。

それを、どこからともなく現れた二人の女房が押しとどめ、少女を優しく抱え上げる。

——いや。いや！　わたくしは、逝きたくない……！

少女が必死に伸ばす手のひらは、紅梅の木に向けられていた。

やがて少女は女房たちによって室内に連れて行かれ、頭の中に直接響いていた声も聞こえなくなる。

「ねえ、あの子ってもしかして……」

「そなたに取り憑いている『業』の本来の持ち主だ。裳着《もぎ》を迎えて少しして、病で命を落としている。草花を、とりわけ紅梅をひどく愛していた少女だ」

「……そっか」

紅梅を愛していた、というのはわかる気がした。直接頭の中に響いてきた少女の声は、まるで誰かに恋い焦がれているように強くて必死だったから。

「戻ろう。いつまでもここにいるものではない」

清盛がそんなことを言うが、ここに来たのは奏の意思ではない。戻るといってもどうやって戻るのかと問いかけようとした次の瞬間——奏は、パチリと目を覚ましていた。

（あれ？）

さっきまで夢の中にいたはずなのにと目をしばたたいていると、「起きたか」と低く艶やかな声が耳元から聞こえてくる。

「きよも——ひぃっ！」

清盛の声がしたほうを向いた奏は、危うく息が止まるところだった。

すぐ真横に清盛の顔があったからだ。

（どういうこと⁉）

我に返った奏は、自分が清盛の腕にしっかりと抱きこまれていることに気づいて真っ赤になる。

あわあわしていると、清盛が抱擁を解いてむくりと上体を起こした。

奏は思わず布団代わりに使っていた袿《うちぎ》を手繰《たぐ》り寄せる。

何がどうなって、清盛に抱きしめられて眠ることになったのだろうか。

眠りに落ちたときの記憶すらなくて、羞恥のあまり泣きそうになっている奏と違って、清盛の態度は平然としたものだった。

奏の額に手を置いて「まだ熱が引かないな」とつぶやく。

「今日はもう夢を見ないだろう。そのまま寝てろ」

（寝てろって言われても目が冴えて眠れそうにないんですけど!?）

清盛に抱きしめられ一緒に寝ていたという事実が頭から離れてくれない。

「ほら、朝まで側にいてやるから」

（それは逆効果だ!!）

そう思うが、一人にされるのも怖い。

清盛が奏の額を撫でながらクツクツと笑うのを見るに、どうやら今も奏の思考は彼に筒抜けらしい。

（読むなって言ってるのに、もう！）

きっと今、奏の頭の中は散らかった部屋の中のようにぐちゃぐちゃだろう。羞恥や動揺がぐるぐると渦巻いているのが自分でもわかる。

せめてもの抵抗にと、袿を目の下まで引き寄せて、ぷいっと横を向いてやった。

清盛のひんやりとした手が奏の頭を撫でる。

すっかり目が冴えていたはずなのに、熱のせいだろうか、瞼《まぶた》を閉じれば急速に眠気が襲ってきた。

「おやすみ、奏。大丈夫、明日ですべてが終わるから……」

静かな清盛の声が、まるで子守歌のようだった。

☆

五日目。

今日が最後の夜だった。

昨夜から一晩経っても熱が引かず、清盛に読経の間も寝ていろと言われたので、奏は褥に横たわったまま清範の法華経を聞いていた。

今日は法華経の第五巻だという。

いつも通り、白い煙と紅梅の花びらが床の上を這うように広がり、だんだんと奏の意識がぼんやりしていく。

今日は一際、梅の香りが強かった。

帳を上げた帳台から、庭先の紅梅の木が見える。

五日かけて、ほとんど散ってしまった紅梅の花びらが、螺旋を描くように立ち上《のぼ》って、露台近くに集まった。

いつもなら無意識に動く体が今日は動かず、代わりに、意識が徐々に、徐々に闇に引きずり込まれていく。

遠くで清範の読経の声が聞こえる中、奏の意識は、いつか見た夢の中にいた。

広い庭には木や色とりどりの花が植えられていて、遣水には空の月が映りこんでいる。

平橋や太鼓橋のかかる風情ある庭の中で、ぽっかりと月明かりに照らされて浮かび上がっているのは、見事な紅梅の木だった。

周囲を蛍が舞い、花びらがはらはらと散っている。

いつの間にか、木の根元に女の子が立っていた。

一昨日と昨日の夢に出てきた少女だ。

紅梅を見上げて、うっとりと恍惚《こうこつ》に浸っているような表情を浮かべている。

愛おしそうに木の肌を撫でて、花びらが舞えば、それを追うように小さくて白い手を伸ばした。

やがて少女は崩れるように紅梅の根元に膝をつき、そして音もなく倒れてしまった。

ふっと少女が煙のように掻き消えると、紅梅の枝に一匹の白蛇が巻き付いていた。

蛍と紅梅の花びらが舞う夜闇の中に、清範の読経の声が響いている。

蛇はするすると枝から地面に下りると、しばらくの間じっとしていたが、やがてぱたりとその場に倒れた。

あっと思った瞬間、奏の視界は紅梅の花びらで薄紅色に埋め尽くされた。

パチリ、と遠くで音がして、ハッと目を開けると枕元に清盛が座っている。

奏の額に触れて、優しく撫でるように手を動かしながら、清盛は銀色の瞳をついと庭先へ向けた。

清盛の視線を追えば、ほとんど散っていたはずの紅梅が、すっかり元通りに満開の花を咲かせている。

「……終わったの?」

なんとなく、そんな気がした。

「ああ」

清盛が短く言って、奏の額を撫でていた手で奏の目を覆った。

「疲れただろう。休め」

奏はただ横になっていただけのはずなのに、清盛の言う通り、全身に妙な倦怠感がある。

清盛の少し冷たい手のひらに目を覆われたまま、奏はそっと瞳を閉じた。

倦怠感のせいなのか、目を閉じた途端に強い睡魔が襲ってきて、そのまま意識が夢の世界に引きずり込まれる。

そして翌朝になって目を覚ましたとき、奏は内裏の中にいた。

枕元に清盛が座っていて、その肩に鴉姿のクロがとまっている。

清盛の足元に、一つの巻物が転がっていた。

それは見るからに新しい巻物だった。

「『業』は……その中？」

「そうだ。無事に封じ終わった。もう問題ない」

「そっか……」

何かが変わったかと問われても、強いて言えば頭痛が引いたくらいで、奏にはその変化がわからなかったが、『業』とやらは体から出ていってくれたようだ。

『業』を取り払うのに五日もかかったのに、終わってみればひどくあっけなく感じる。

清盛はふっと銀色の瞳を優しく細めて、奏の鼻先をふにっとつまんだ。

「全部終わった。『中つ国』へ送ってやる。これに懲りたら、もうここへは来ぬようにな」

そう言って清盛の手が離れていく。
(終わった……)
つまり、清盛とも、クロとももう会えないということだろうか。
(そっか……終わったんだ……)
清盛が『葦原』と呼ぶこの世界は、本来ならば奏が来られる世界ではない。
彼らは、本当ならば出会うことのない人たちだったのだ。
(だから全部、元通りになるだけ)
元の生活に戻るだけなのだ。
今回の不思議な体験も、年月を経ればただの風変わりな思い出に変わるだろう。
(……これで、さようなら)
もうこんな妙な体験はたくさんだ。
そう、思うのに――
どうしてだろう、奏は無意識のうちに離れていく清盛の手を視線で追いながら、ふと、
胸の中に小さな寂寥《せきりょう》のようなものが広がるのを感じていた。

四、異変

にな。
――全部終わった。『中つ国』へ送ってやる。これに懲りたら、もうここへは来ぬよう
ふっと、清盛の声が脳裏をよぎって、奏はキーボードを叩く手を止めた。
『葦原』から戻ってきて一週間経った九月十二日。
大学の後期がはじまるまであと二日ほどになっていた。
九月も半ばだというのに、最高気温は三十度を超える日が続いていてうんざりする。
電気代を節約しようと思って窓を開けているが、風はまったく入ってこない。
ノートパソコンにＵＳＢで接続している卓上の扇風機が、カラカラと風鈴の代わりにも
ならない風情のない音を立てていた。
この一週間、ふとした瞬間に清盛やクロを思い出している。
どうしてか二人に無性に会いたくて、でも来るなと言われたから『葦原』へ行くことも
できなくて――それ以前に、まだ自分があちらに渡ることができるのかどうかもわからな
いけれど。

清盛もクロもちょっと意地悪で失礼な性格をしているのに、根っこのところは二人とも優しいからなのか、会えないと思うと淋しくて仕方がない。

「はあ……」

無意識のうちにため息が落ちる。

音のない部屋にいると物悲しくなってくるので、少しでも気を紛らわせようとBGM代わりにテレビをつけっぱなしにしていたら、昼のニュースが流れていた。

書きかけのレポートも大半が出来上がったが、宮島のことを書いているからか、『葦原』のことばかりが脳裏をちらつく。

無銭飲食の濡れ衣で役人に追い回されたり、『業』とかいう変なものに憑かれたり、思い出す限りちっともいい思い出はないはずなのに、おかしなものだと自分でも思う。

平和な日常に戻れたことを喜ぶべきだと自分自身に言い聞かせるが、言い聞かせるたびに寂寥感が強くなるのは何故だろう。

「はあ、過ぎたことを考えるのはもうやめよ。ええっと……厳島神社が海の上に建てられたのは、島全体がご神体として信仰されていたからで、ご神体の上に建造物を建てるのは恐れ多いから……あれ、でも、今はいろいろ建ってるけど、昔は厳島神社以外何もなかったのかしら？」

厳島神社が建立されたのは六世紀。推古元年だと言われている。けれども、今の厳島神社が建立されたのは平清盛が太政大臣になってからだ。そのころ――十二世紀には、最低でも宮司である佐伯一族が住んでいたはずで、島の中になんの建造物もなかったとは考えにくい。

「何かほかに資料なかったかしら……」

奏は図書館で借りてきた本や、コピーを取った資料を漁った。

「あ、これかな」

埋もれていたコピー用紙を引っ張り出した奏は、その内容に目を通して首をひねる。

「ええっと……厳島神は漂着神であると思われるが、これ以前に……ええっと、ざっくりまとめると、市杵島姫命をはじめとする三人の女神が信仰される以前は山岳信仰の地で、その神様は祖霊で、祖霊は春秋交代する神様で、春は山から出て里に下りて、秋は里から山に帰る神様だったたってこと？　ええっとだからぁ、信仰の対象だった弥山《みせん》から川を通して水が海に流れ出ていって、それが神様が降りていく道だと思われて、神様が向かう先に……海に面したところに社を建てたってことでいいのかな。……やばい、ますますわかんなくなった」

この謎はレポートに向かないかもしれない。

奏はレポートの中の「厳島神社建立の謎」と小見出しをつけたところを、バックスペースで全部消した。教授に突っ込まれそうなことは書かないに限る。

「ええっとほかほか。もっと無難なやつにしよ」

『葦原』から帰ったあと、改めて向かった歴史民俗資料館で、宮島の年中行事の写真を見た。行事について書けば、さほどツッコミも入らないだろう。年中行事はたくさんあるから、ページも稼げる。

「よし。最後に年中行事についてまとめておしまいにしよ。その前に休憩っと。そろそろお昼ご飯にしないと」

奏は時計が十二時半を指しているのを見て、ノートパソコンを閉じると財布を片手に立ち上がった。

歩いて五分ほどのところにあるコンビニでお昼ご飯を買ってこようと靴を履いていると、つけっぱなしのテレビから、「速報です」と女性アナウンサーの声がした。

『十一時四十分頃、愛知県知多郡美浜町にある大御堂寺内に落雷がありました』

「え、また雷?」

今年はよく雷が落ちるなと、奏は靴を履いたまま四つん這いになってテレビを覗き込む。

ニュースはまだ続いていて、テレビ画面はキリリとした表情の女性アナウンサーから現場の映像に変わった。

『落雷は、源義朝公の墓に落ちました。落雷の影響で墓の一部が破損。また、これと関係があるのかどうかは判明しておりませんが、源義朝公の墓の近くにある血の池が赤く染まっています。見えますでしょうか？　水深が浅いのでわかりにくいかと思われますが……えー、普段の映像がこちらです。普段はこのような色をしているのですが、現在は――』

テレビに映し出された血の池の様子に、奏は目を丸くした。

「うわ、本当に赤いよ……。どうなってるの？」

別府に血の池地獄があるが、そこは酸化鉄や酸化マグネシウムなどを含んだ赤い泥が堆積しているから赤く見えているらしい。一方で、源義朝公の墓の近くの血の池は普段は赤い色をしていないのに、何故赤く変わったのだろう。

落雷との因果関係はわかっていないとアナウンサーは言ったが、落雷の影響で池が赤く染まるものだろうか。

「それにしても、今年の雷はなんで狙ったように偉人のお墓の上に落ちるのかしら？」

ついこの前も、源頼朝と北条義時の墓の上に落雷があったとニュースで聞いたばかりである。

（ま、いいや。ご飯買いに行こ。面倒くさいから夕ご飯も一緒に買っておこうっと）

奏は四つん這いで玄関まで戻ると、財布の入ったトートバッグを持って外に出た。

まったく自慢にならないが、奏は料理が得意ではない。作っても味噌汁やインスタントラーメンくらいなもので、大半の食事はコンビニ弁当か、大学があるときは学食だ。

母親があきれ顔で「あんたお嫁に行けないよ」と言うけれど、今はスーパーやコンビニに豊富なお惣菜が並んでいる時代である。冷凍食品も充実している。だから料理ができなくても結婚できる時代だと言い訳して、いまだに料理を覚える気にはなっていない。

おかげで、歩いて五分ほどのコンビニの店員とは、すっかり顔なじみになっていた。奏自身も違うコンビニでバイトをしているから、コンビニあるあるで話が盛り上がることもしばしばだ。

マンションを出て、日よけのために日傘をさすと、コンビニへ向けて歩道をのんびりと歩く。

このあたりは片側一車線で、朝夕の通勤時間以外は車もあまり通らない。

マンションを出て二分ほどで、ようやく前方から軽自動車が走ってくるのを見つけたくらいだ。

(車ほしいなぁ。でもそんなお金はないし、免許もまだ取ってないけど……)

前方から走ってきた軽自動車は、赤くて可愛らしいフォルムをしていた。免許を取る予定もないのに車がほしくなっていると、その軽自動車がだんだんと歩道に近づいてきているように思えて立ち止まる。

「え？」

軽自動車が奏に向かって走ってきているように見えるのは気のせいだろうか。

「嘘でしょ⁉」

ハンドルを握っている、三十代前半ほどの外見の女性が「逃げて！」と叫ぶのを聞いて、奏は慌てて走り出した。

プーッとクラクションの音がけたたましく鳴り響く。

「きゃあああ！」

ドンッと大きな音を立てて、軽自動車が奏のすぐそばのガードレールに突っ込んできた。

衝撃を受けて、奏もその場に倒れこむ。

大きく膨らんだエアバッグの奥から運転手の女性が顔を出して、真っ青な顔をして慌ただしく車を降りてきた。運転手の女性には怪我《けが》はなかったようだ。

「だ、大丈夫ですか⁉」

幸いにして車には衝突しなかったが、衝撃で転んでしまったため、奏は膝小僧や肘をすりむいてしまった。

痛みに顔をしかめて「大丈夫です」と答えたが、事故なので警察を呼ぶと言われて、警察が来るまで怪我の痛みを我慢して待つ羽目になった。

ややしてパトカーが到着すると、膝から血を流している奏を見た警察官が、その足では歩けないだろうからと言って救急車を呼んだ。

痛いには痛いが救急車に乗るほどでもなかったのに、奏はそのまま病院に運ばれて、手当と、念のための検査を受けることになった。

事故に遭ったのははじめてで、奏にはどうしていいのかわからなかった。しかし、救急隊員が連絡してくれたのか病院には事前に知らされていて、治療費も奏が支払う必要はないらしいので、とりあえず病院側の指示に従っておくことにする。

膝や腕の消毒をされて、包帯が巻かれて、レントゲンが撮られて、問診を受けてと、まだ事故のショックで動揺している間にすべてが終わって、奏は待合室で茫然とした。

（あー……びっくりした……）

脚や腕の痛みより、驚きのほうが大きい。

病院に運び込まれる前、軽自動車を運転していた女性が、車のハンドルやブレーキがきかなくなったと警察に言っているのを聞いたが、故障だったのだろうか。

帰りのタクシーも用意してくれると言うから、奏は待っている間に病院の売店で昼食と夕食を調達することにした。

しかし、適当に目についた弁当を二個買って、待合室に戻る途中。

チカチカと頭上の蛍光灯が点滅したかと思うと、突然、パリン！　と大きな音がした。

驚いて顔をあげるのと、割れた蛍光灯が落ちてくるのはほぼ同時だった。

幸いにして奏の頭の上に落ちてくることはなかったが、光沢のあるビニル床タイルの上にばらばらと蛍光灯の破片が落ちてくるのを見て、奏はゾッとする。

「大丈夫ですか⁉」

看護師だろう数名の女性が奏の側に駆けつけてきて、天井と、蛍光灯の破片が散らばっている廊下を見て愕然《がくぜん》と目を見開いた。

「なんで蛍光灯が……。お怪我はありませんか⁉」

「だ、大丈夫です……」

茫然と答えつつ、廊下に散らばっている尖った蛍光灯の破片を見て、奏は血の気が引いていくのを感じた。もしこれが奏の頭の上に降っていたら、どうなっていただろう。

看護師に付き添われて待合室へ戻った奏は、まだ茫然としたまま、ぼんやりと待合室のテレビに視線を向ける。

テレビからはニュースが流れていて、源義朝公の墓と血の池について、奏がマンションを出たときに聞いたのと同じようなことをアナウンサーが喋っていた。

奏はそのニュースを聞くでもなく聞きながら、妙な胸騒ぎを覚えたのだった。

☆

（これ、絶対おかしい……）

次の日、目の前に倒れてきた大木を見て、奏は確信した。

それは、昼食を買いにコンビニへ向かって歩いている途中のことだった。

まだずきずきと痛む昨日擦りむいた膝小僧をさすりながらコンビニへ向かって歩いているとき、突如として街路樹の大きな木がミシミシと音を立てた。

ハッとして見上げた奏の視線の先で、街路樹がぐらりと傾いて、大きな音を立てて奏の目と鼻の先に倒れてきたのだ。

奏のすぐ後ろを歩いていたおじいさんが、驚いた声で「根元でも腐っていたのかのぅ」と言うのが聞こえてきたが、まるで強い力で無理やり引き抜かれたような様子を目の当たりにした奏は、違うと思った。どうしてそう思うのかは説明できないが、これは自然に倒れてきたものではない。そんな気がする。

昨日の事故といい、蛍光灯といい、そして目の前に倒れてきた街路樹といい、何かがおかしい。

(『業』は封じたって清盛は言ってたけど、わたし、まだ何かに憑かれてるんじゃないの？そうでなかったら、こんなに連続して変なことが起こるはずないもの！)

事故はともかくとして、目の前で蛍光灯が割れたり、大木が倒れてきたりするだろうか。絶対に何かあると確信した奏は、コンビニへ行くのをやめて、広島駅へ向かった。

その足で電車に乗り込み、ＪＲ宮島口駅へ向かう。

そしてフェリーで宮島に渡ると、厳島神社へ急いだ。

(意味不明なことは意味不明な人に訊かないとわかんないもん！)

偶然では片付けられない何かがある。それが何かは奏にはわからないが、清盛ならわかるはずだ。

清盛はもう『葦原』へは来るなと言ったけれど、無理だ。

(お願い、清盛に会わせて……！)

祈るような気持ちで厳島神社本殿の前で柏手を打って目を閉じる。

すると、ふわりとした浮遊感が体を襲って、目を開けると視界が歪んでいた。

ずきりとした頭痛を感じた直後、奏は羅城門の前に立っていた。

（来られた……！）

奏がホッと息をついていると、内裏の方角から一羽の鴉が猛スピードで飛んでくる。

「クロ！」

「なんでまた来た」

奏のそばまで真っ直ぐに飛んできたクロは、目の前で人の姿に変わると、腕を組んでじろりと奏を睨んできた。

「ここはお前が来ていいところじゃない。遊び場じゃないんだぞ。帰れ」

このまま追い返されそうな気配を感じて、奏はムッとした。理由も聞かずに追い返そうとするなんて、失礼な鴉め。

「だって、変なことがあったんだもの！」

「変なこと？」

「うん。蛍光灯が降ってきたり、木が倒れてきたり、いろいろ……。とにかく清盛に会わせて！　このままだと、気持ちが悪くて……」

クロは怪訝そうな顔をしたが、仕方ないなと肩をすくめる。

「何があったのか歩きながら詳しく話せ。今の説明だけだとよくわからん。今日は牛車はねえからな、歩いて……って、その脚どうした」

「ちょっと怪我して……」

「女が傷なんて作るなよ。跡残ったらどうするんだか」

（おばあちゃんみたいなこと言ってる……）

　中学時代陸上部だった奏は、脚に擦り傷を作ることも多かったが、それを見るたびに祖母が顔をしかめて「女の子なのに……」と言っていた。それと似たような顔をして同じようなことを言うクロに、奏は少しおかしくなる。

　今時、怪我一つでピリピリする女の子も少ないだろう。

「まったく、しょうがねぇなあ。その脚じゃ歩くのもつらいだろ」

「ちょっと痛いけど、大丈夫――って、ええ!?」

　歩けないほどの痛みではないと言ったのに、あっと思ったときにはクロにひょいっと抱え上げられていた。

　目を丸くする奏をよそに、クロはすたすたと歩き出す。

「お、重いでしょ!?　降ろして！」

「そう思うなら暴れるな。落ちるだろ」

（そこは嘘でも重くないって言うとこじゃないの!?）

　重いと言われたようで傷ついたが、落ちるのは嫌だったので、奏はクロの腕の中でおとなしくすることにした。

何気なくクロの横顔を見れば、何も抱えていないような涼しい顔をしている。

（っていうか、鴉のくせに睫毛長っ！）

肌は白いし、髪も艶々だし、異次元並みに綺麗な清盛の側にいるから気が付かなかったが、クロもクロで、恐ろしく整った顔をしている。

その綺麗な男の人にお姫様抱っこされている今の状況が急に恥ずかしくなってきて俯《うつむ》くと、クロが訊ねてきた。

「で？　何があった」

「あ……うん」

クロ相手に恥ずかしがっている場合じゃなかった。

奏が昨日から立て続けに起こったことを説明すると、クロは僅かに眉を寄せた。

「確かに、偶然にしては続けて起こりすぎだな」

「でしょ？　何か変なものが憑いてたりするのかな？」

「さあな。ただの偶然なのかそうでないのかは、お館様でないとわからん」

「何かが憑いてたら、なんとかしてもらえる？」

「どうだろうな。例えばお前に憑いているものが死霊か何かだとする。だが、それを祓うのはお館様の仕事ではない」

「どうして？」

「何か勘違いをしているようだが、お館様は『葦原』の管理人だ。『葦原』に関係のあることなら対応するが、それ以外はお館様には関係ない。『中つ国』をうろつく死霊なら、『中つ国』で対処すればいいだろう。『葦原』は別に死霊の世界ではないんだ」

「どう違うのよ」

「全然違う。ここは『黄泉の国』ではないんだ。人の世を生きて生前の徳で神格を手に入れたものや、『業』を抱えて普通の方法では成仏できないものが集まる場所。ただ生きて死んだだけの人や動物が来る場所じゃない」

「でもさ、死霊って何か未練があるから成仏できずに彷徨ってるんじゃないの？」

「『まだ生きていたかった』とかか？　その程度の未練や執着は『業』とは呼ばん」

「あっそ」

何が違うのか奏にはさっぱりわからないが、『業』とただの執着は、違う定義であるらしい。

「じゃあ、その『業』とやらがある人とか動物は『葦原』に、それ以外は『黄泉の国』に行くの？」

「例外もあるがな」

「例外？」

「それについてはお前が知る必要はない。……あとはそうだな。『葦原』で『業』から解き放たれたものが、自ら望んで『黄泉の国』へ下ることはある。お前に憑いていた『業』の持ち主がそうだ」

「ふぅん」

「だから、お前にもし何かが憑いていて、それがただの死霊だった場合、諦めろ、ということになる」

「そんな！」

奏は悲鳴を上げた。

何かが憑いていてもそのまま放置されるなんてあんまりだ。

奏が泣きそうになると、クロがおかしそうに笑い出した。

「ま、普通はそうなるんだが、お館様のことだ、なんとかしてくれるだろう」

「揶揄ったの!?」

「違う。道理を説いただけだ。……ほら、迎えをよこしてくれたみたいだぞ」

「迎え？」

クロの視線を追いかけると、六条大路の交差点のあたりに無人の牛車が停まっていた。

「なるほど、それでまた来たのか」

空飛ぶ牛車に運ばれて内裏までやって来ると、内裏の中で待ち構えていた清盛がやれやれと息をついた。

「ここは駆け込み寺ではないのだがな」

「うぅ……」

そうは言っても、ほかに頼れる人が思いつかなかったのだ。

「仕方のない娘だ」

清盛は奏との距離を詰めると、奏の顎をくいっと持ち上げて、顔を近づけてきた。

「っ！」

急に近くなった距離にびくりと肩を揺らした奏を、清盛は至近距離でじっと見つめてくる。

さらさらと音を立てそうなほど真っ直ぐな銀髪が奏の頬をかすめた。

息もかかりそうなほど近くにある綺麗な顔に奏が硬直していると、清盛は僅かに眉を寄せて首を傾げる。

「別に、何も憑いてはいなさそうだがな」

「嘘！　だっていっぱい変なことが起こったもん！」

「落ち着け。何か憑いていなくても、妙なことが起こることはある」

清盛はそう言って、突然、コツンと奏の額に自らの額を押し当てた。

「ひえっ」

至近距離に清盛の顔があって、奏は反射的に後ろに身を引こうとしたが、それを阻止するように清盛の腕が奏の背中に回る。合わさっているおでこがものすごく熱く感じた。

抱きしめられているような体勢に、奏の心臓がバクバクしはじめる。

「そのときのことを思い出してみろ」

「え……」

「え、ではない。事故に遭ったのだろう？　それから蛍光灯だったか？　それが割れた。そして今日は大木が倒れてきた。順を追って全部思い出せ」

「お、思い出せって言われても……」

この体勢のせいで心臓がうるさくて、それどころではない。

けれども、思い出さなければずっとこの体勢のままだろう。それはそれで、心臓に悪すぎる。

奏はぎゅっときつく目を閉じて、必死に昨日のことを思い出そうとした。

（ええっと……昨日はコンビニにお弁当を買いに行っていて、ミートソーススパゲティと唐揚げ弁当がいいかなぁとか……）

「食べたいものを思い出せとは言っていない」

「うう……」

順を追ってと言われたから、買いに行くところのくだりから思い出そうとしたのにあんまりだ。

奏は自分を落ち着かせるように大きく息を吸ってゆっくりと吐き出し、事故に遭う直前の様子を思い出そうとした。

（歩いていたら赤い軽自動車が突っ込んできて、ガードレールが……）

そのあと、怪我をして病院に運ばれることになった。病院の売店で昼食と夕食を買って待合室に戻るときに、蛍光灯が割れて、今日もコンビニに行く途中で街路樹が倒れてきた。

「ほかに何か変わったことはないか？」

「ほか？　ほか……」

変わったこと、と言われて思い出したのは、ニュースで聞いた落雷の件だ。

（確か、源頼朝の墓と……）

二件のニュースを奏が思い出したとき、清盛がハッとしたように奏から額を離した。

清盛は銀色の瞳を見開いて、固まっている。

「そなた、何か持っているだろう」

清盛が、唐突にそんなことを訊ねてきた。

「持ってる？　持ってるって何？」

「微《かす》かにだが、時子の気配がする」

「時子？」

何を言っているのだろうかと首を傾げていると、清盛の視線が奏の持っていたトートバッグへ移った。

「その中だ」

「この中？」

「中身を全部出せ」

「そ、それはいいけど……」

大したものは入っていないはずだ。

奏はトートバッグを開けて、中から、財布と定期入れ、ノートと筆箱、メイクポーチ、ハンカチ、小銭入れに使っているがま口財布を取り出す。

「もうほかには何もないと思うけど……あ、待って。まだ何か入ってる」

トートバッグの底に、何か固いものがあった。取り出してみると、それは直径三センチほどの石のようなものだった。

（え、何この石）

こんなものを入れた覚えはない。

「それだ」

清盛が奏から石を奪い取って、しげしげと見つめた。

「これをどこで手に入れた」

「どこって言われても……そんなもの、入れた覚えはないんだけど……」

石を持ち歩く趣味はない。第一、清盛に取り上げられた石は、なんの変哲もないただの石に見える。特別綺麗に輝いているわけでもない、その辺の道端に転がっていそうな薄灰色の石だ。

「これから時子の気配がする」

「そのさ、時子って誰？」

「私の妻だった女だ」

「妻……あ！　平時子！」

奏はポンッと手を打った。

「わかった！　それ、二位殿燈篭の破片だ！」

「破片？　破片とは、どういうことだ？」

「ええっと、ここにはじめて来た日だったかな？　落雷があって、二位殿燈篭が壊れたの」

正確には二位殿燈篭が壊れた原因が落雷であるのかはわかっていないが、そんなことはいちいち説明しなくてもいいだろう。

二位殿燈篭が壊れたときに破片が降ってきて、奏は咄嗟《とっさ》に頭を守ったのを覚えている。その破片がトートバッグの中に入り込んだのかもしれない。

「壊れた……」

清盛が愕然とした。

(奥さんの燈篭が壊れたことがよっぽどショックなのかしら？)

清盛はそのまま、額に手を当てて黙り込んでしまった。

よくわからないがショックを受けているようなのでそっとしておこうと思っていると、隣にいたクロが、「まずいことになったたな」とぼやいた。

「まずいこと？」

「ああ。すっげーまずいこと。あ、お前の作った味噌汁のことを言ってるんじゃねーぞ」

「わかってるわよそんなこと！」

あの出汁のきいていない味噌汁のことをまだ覚えていたのか。いい加減忘れてくれればいいのに。

奏がムッとして睨むと、クロは「なんだよ、緊張をほぐしてやろうと言った冗談で怒んなくてもいいだろう」とぶつぶつ文句を言ったが、そんな冗談はいらない。

「で、何がまずいのよ」

「燈篭が壊れたこと。……お館様、俺、様子を見てきます」

「ああ、頼む……」

清盛が茫然とした声で返事をすると、クロが鴉の姿に変わって、ばさりと飛び立っていく。

清盛はクロが飛び立っていったあともしばらく黙り込んでいたが、ふと、何かに気が付いたように顔をあげた。

「奏。そなた、源氏の血を引いていないか？」

五、二位尼《にいのあま》の『業』

「奏。そなた、源氏の血を引いていないか？」

そう聞かれて奏が思いつくことといったら、昔、祖父から言われたこの言葉だけだった。

――うちはのぅ、ずーっとご先祖さんをたどれば、清和源氏さんの家系なんじゃ。

奏は顎に手を当てて考え込みながら、清盛に「清和源氏の血を引いているって聞いたことがあるよ」と答える。

「本当かどうかは知らないけどね、おじいちゃんがそう言ってた」

「やはりな……」

奏の答えを聞いて清盛はすべてに合点がいったという顔をした。

（うちが清和源氏と関係があったら、何か問題でも？）

清和源氏の血を引いているとしても、清和源氏が誕生したのは九世紀ごろのことだ。

源氏と一言で言っても、いろいろな系図がある。

源氏や平氏はもとをたどれば天皇家につながるが、どの天皇の子を祖としているかによって呼び名が変わるのだ。

清和源氏は、清和天皇の子や孫が臣籍降下し源の姓を得たことがはじまりだ。その中でも清和天皇の第六皇子であった貞純《さだずみ》親王の子、源経基《つねもと》の子孫が繁栄したと本で読んだことがある。ちなみに、源頼朝はここの系図だ。

祖父は先祖をたどれば清和源氏に行きつくと言ったが、源頼朝の直系の子孫は続いていないはずなので、奏が直接、源頼朝の血を引いていることはない。

だが、清和源氏も枝分かれしているので、どこかしらとつながりがあるのかもしれなかった。といっても、千年以上も時が経っているのだ、つながりがあったとしてもその血はかなり薄まっているので、源氏の血を引いていると胸を張って言えるようなものでもない気もするが。

（それに、証拠があるわけではないからね）

奏の祖父の家に家系図が残っているわけではないのだ。祖父が勝手に言っているだけの可能性だって大いにある。

（でも、それがなんなのかしら？）

祖父の言っていることが本当だとしても、それが今回の件となんの関係があるのだろう。

（二位殿燈籠が壊れたのもまずいって言っていたし、わかるように説明してほしいんですけど）

一人で納得しないでほしい。

けれども、いつも当たり前のように奏の思考を読む清盛は何か思案しているようで、今日は奏の心の中のつぶやきを拾ってはくれなかった。

「直接の血筋でなかろうと、それがどれだけ薄まっていようと、この際関係ないか……」

「ねえ、どういうこと？　うちのご先祖様が清和源氏だと、何か問題があるの？」

「ああ」

清盛は手の中の二位殿燈篭の破片をじっと見つめて、ぎゅっと眉間に皺を寄せた。

「おそらくだが、そなたの身の回りで起こったことは、時子の『業』が関係しているのだと思う」

「平時子の『業』？　それってなんなの？」

「時子の『業』は、源氏一門への恨みだ」

「恨み？」

「そうだ。時子は源氏一門をひどく憎んでいる。我が一門は源氏の手によって滅ぼされ、時子は子や孫を失った。海に落ち、命を落としてなおも時子は源氏を恨み続け、その恨みは最終的に頼朝を、そしてその子らを次々に祟り殺した。最後まで残っていた頼朝の子、貞暁《じょうぎょう》が自害した寛喜三年、私はようやく、時子の『業』を封じたが、時子は『葦原』へ来ることを拒み、『黄泉の国』にも下らず、『中つ国』に残ることを望んだ。『業』を封じてもなお、時子の恨みは完全には消えなかったからだ。ゆえに、私は時子を、彼女の『業』とともに有の浦の燈篭に封じた」

「燈篭って……二位殿燈篭⁉」

「そうだ。この破片からは、時子の気配がする」

清盛は二位殿燈篭の破片をそっと奏の手のひらに乗せた。

時子の気配がすると言うが、奏には何も感じない。強いて言えば、清盛が握っていたから温かいなくらいである。

「思えば、そなたがここへ来ることができたのも、これを持っていたからだろう。通常『中つ国』の住人は『葦原』へ渡ることはできぬはずなのに、何故そなただけが渡ることができるのだろうかと不思議だったが、これで納得がいった」

「それはわかったけど……わたしが事故に遭ったりしたことと、それとなんの関係があるの？」

「頼朝の子孫は途絶えている」

「そう、だけど、それがなに？」

源頼朝の子孫が途絶えていることは、奏も知っていた。

源頼朝には、五人の子がいたと言われている。

男子が三人、女子が二人。

頼家、実朝、貞暁、大姫、乙姫の五人である。

しかしこの五人とも、それぞれ非業の死を遂げている。

まず、長女の大姫は婚約者の源義高が処刑されたことで心を病み、二十歳のときに早世した。

次に、次女の乙姫は頼朝の死の半年後、十四歳でこの世を去った。病死だったがなんの病気だったのかははっきりとしていない。ただ、突然のことだったようだ。

男子三人に至ってはもう少し複雑で、頼家は幽閉後北条氏の手兵によって殺され、実朝は頼家の息子の公暁に殺された。ちなみに公暁はその後、長尾定景によって討ち取られている。

そして最後まで残ったのが妾腹の子である貞暁で、若くして出家させられた彼は、四十六歳で自ら命を絶っている。

頼朝の孫の代まで見れば、長男の源頼家には鞠子という女子がいたのだが、藤原頼経に嫁いだのち、難産の末に男子を死産し、自身も命を落とした。

鞠子が最後の源頼朝の直系子孫と言われていて、彼女の死によって、源頼朝の子孫は完全に途絶えたことになる。

　このあたりは、祖父から子孫が清和源氏だと聞いたのち、奏が興味本位で調べたことだった。

　貞暁の自殺の真偽については諸説あるようだが、清盛が言い切ったので本当に自殺だったのだろう。

　清盛は、はあ、と息をついた。

「頼朝の直系が生きていない今、時子の『業』は行き場をなくしている」

「……………なんか、嫌な予感がするんですけど」

「その予感は間違っていないだろうな」

「困る！」

　奏は二位殿燈籠の破片を握りしめて叫んだ。

　これはあれだ。この前の蛇の『業』のときと同じようなやつだ。

「行き場をなくした時子の『業』は、どうやらそなたを標的に選んだようだ。どれだけ薄まろうとも、微かに源氏の血の匂いがするのだろう」

「そんなの理不尽!!」

「私に言っても仕方がなかろう」

するとあれだろうか。呪う相手が見つからない平時子は、「なんかちょっとそんな感じがする」というだけで、代わりに奏を標的にしたということだろうか。それはさすがにあんまりだ！

「清盛の奥さんだった人でしょ！　自分の奥さんなんだからなんとかしてよ！」

「そう言われても、『業』に支配されている時子には話が通じない。時子が納得する結末を迎えるまで、止まらぬだろうな」

「そんな殺生な！」

昨日今日でも、一歩間違えれば死んでいたようなことが起きているのだ。平時子が納得するまで待っていたら、奏は確実に殺される。

「私としてもこのままにしておくことはできぬが、頼朝の子がおらぬのだ。以前と同じように時子の『業』を封じるのは難しい」

「以前はどうやったの？」

「時子が頼朝と、その子らを全員呪い殺すのを待った」

「…………だめじゃん」

最悪な答えが返ってきた。

（するとなに？　頼朝の五人の子供は平時子の『業』のせいで全員死んだってこと？）

誰も彼も可哀そうな死に方をしているとは思ったが、まさか平家一門を滅ぼした恨みで殺されたなんて。

(改めて思うけど……『業』って怖い……)

そしてその恐ろしい『業』は、本来の標的がいないから代わりに奏を呪い殺そうとしているというのだ。冗談にしてはきつすぎる。

「恨みの対象が消え、時子が落ち着いた瞬間を狙って『業』を封じたのだ」

「……でも、もう頼朝もその子供たちもいないから、無理ってこと？」

「そうだ」

「じゃあどうするの⁉」

「わからん。だから困っている」

「困ってるなら困った顔くらいしなさいよ！」

ちっとも困った顔をしていない清盛に、奏はだんだんとイライラしてきた。

奏にとっては困る程度の問題ではない。命の問題だ。

(仕方ないからこいつでいいや、みたいな感じで殺されるのだけは絶対嫌！)

とばっちりもいいところである。

「そうだ！『葦原』に頼朝とかその子供たちは住んでないの？」

「なんで？　子供たちはともかく、頼朝あたりなら神様になっててもおかしくないでしょ？」

白旗神社とかは江戸時代まで確か源頼朝を祀っていたはずだ。祀られているんだから神様なのだろう。

するとと清盛は平然とした顔で言った。

「私の気分が悪い。ゆえにあやつらはここには住んでおらん。少々手こずったが、強制的に黄泉送りにしてやったからな」

「暴君!!」

それでいいのか管理人。

あまりに私情を挟んだ扱いに、奏はあんぐりと口を開ける。

「そうは言うが、自分の妻や子を殺したやつらと仲良くできると思うか？」

「それは……まあ……」

「妙な諍《いさか》いを起こされても迷惑だ。私の判断は間違っていない」

「……そう？」

「そうだ」

清盛はどや顔でさも当然のように言うが、なんだろう、仕返し感が半端ない。

(でもそっか……頼朝たちがいないなら、そっちに平時子の恨みを向けることはできないのか……)

これはいよいよ手詰まりだ。

「こう……お祓いとかで鎮魂するとかは？」

「そんな簡単なことでどうにかなるなら苦労はせん」

「ですよねー」

そもそもそれができるなら、奏に『業』が取り憑いたときに最初からすればよかっただけの話だ。

(雷で頼朝とかのお墓を破壊しても満足できなかったくらいだもんね、そう簡単に満足してはくれないよね……)

奏が重たいため息をついたとき、バサバサと羽音を立ててクロが戻ってきた。

クロは奏の横に降り立つと、想定していた通りの事実を口にした。

「完全に封印が解けていました」

「……そうか」

清盛は艶やかな銀色の髪をぐしゃりとかき上げて、考えるように目を閉じる。

「時子の『業』をどうやって封じるかはまだ思いつかぬが、標的にされている以上、そなたはしばらく『葦原』にいたほうがいいかもしれんな」

「しばらくって、どのくらい？」

「さて、数日か、数週間か、数か月か……それはわからん」

「数週間とか無理だから！　明日から大学の後期がはじまるの。授業計画を提出しなきゃいけないから休めない！」

命を狙われているときに能天気だと思われるかもしれないが、大学一年生の後期の単位を全部落とすわけにはいかないのだ。それに、ずっと大学に行かなかったら、友人も心配するだろうし、親も気づく。下手をしたら行方不明扱いにされるかもしれない。さすがにそれはいただけない。

「明日から三日大学に行ったら、そのあとは三連休だから、その間ならいられるけど、平日はちょっと……」

「その三日でなんとかしろと？」

「……無理？」

自分でも無茶を言っている自覚はあるが、奏にも生活がある。

祈るような気持ちで清盛を見つめると、彼はやれやれと肩をすくめた。

「何か方法がないかは考えてやるが、期待はするな」

「うん！」

「その大学とやらがはじまるまではここにいろ。それから、今日『中つ国』に戻るときはクロを連れて行け。いいな？」

「わかった！」

「クロ、すまないがしばらく奏の守りについてくれ」

「承知」

クロが翼を片方あげて返事をする。

「内裏に部屋を用意させる。あまり騒ぐなよ」

清盛が軽く扇を振れば、女官だろうか、数人の女性が静かに部屋に入ってきた。

「どちらへ？」

女官の一人が艶のある微笑みを浮かべて清盛に訊ねた。

なんとなく、この人も「清盛ファンクラブ」の一人な気がする。梅の邸にいた女房たちと一緒だ。

「藤壺《ふじつぼ》でいいだろう。ここから近い」

「かしこまりました。ささ、お嬢様、こちらへ」

華やかな小袿を身にまとった女官たちが、にこりと奏に微笑んだ。

清盛が「行け」と言うように軽く手を振ったので、奏が彼女たちのあとをついていくと、廊下を少し歩いた先の部屋に案内された。

廂の外に見える庭には、見事な藤の花が咲いている。

（この前の邸には梅が咲いていたし、『葦原』って季節感ないのかしら？）

藤の花は五月ごろに咲く花だ。それが満開の紫の花をつけているのは、季節柄おかしいような気がするが、摩訶不思議がまかり通る世界なので、深く考えないほうがいいのだろうか。

案内された部屋は広く、綺麗な屏風や、帳台、そのほかもろもろ、高そうな調度品が置かれている。

（藤壺って……飛香舎《ひぎょうしゃ》よね？『源氏物語』の藤壺がいたところ）

つまり帝の妃が住む部屋だ。

そんな部屋を借りていいものだろうかと思いつつ、興味を惹かれて部屋中を見て回っていると、案内してくれた女官たちがくすくすと笑った。

「何かございましたらお呼びくださいませ」

「あ、はい。ありがとうございます」

しずしずと去っていく女官たちを見送ったあと、特にすることも思いつかなかったので、奏は廂に座って庭を眺めることにした。

(そういえば内裏って、帝とその妃たちが住む場所でしょ？　まあ、政治とかもしていたんだろうけど。……ここには帝の代わりに清盛がこの世界の管理人として住んでいるわけで……だったら、ここには清盛の奥さんたちがいるのかしら？)

飛香舎の住人はいなそうだが、ほかの部屋には誰か住んでいるのだろうか。どうしてだろう、なんだか胸の奥がもやもやする。

「あんなにイケメンなんだから、奥さんの一人や二人や三人や四人くらい住んでたっておかしくないよね？」

「お館様か？　奥方ならいないぞ」

「!?」

背後から声がして驚いて振り返れば、鴉から人の姿になったクロが立っていた。

「びっくりするでしょ！　なんでここにいるのよ！」

「お前、もう忘れたのか？　お館様が、俺にお前の守りにつけって言ってただろうが」

そういえばそんなことを言っていた気がする。

クロが廂に下りてきて、奏の隣に胡坐をかいた。

「お館様の奥方に会いたかったのか？　だったら残念だったな」

「清盛、あんなにモテそうなのに奥さんいないの？　あ、時子さん以外ね」

「モテるのは確かだが、特定の女はいないみたいだな」

（っていうことは、不特定多数の女性がいるってことかしら）

「お前、今失礼なこと考えたろ」

「え？　ううん。まさかまさか」

奏は「ははは」と笑って誤魔化すと、藤の花を眺めつつ、ふと真顔になる。

「ねえ。平時子って、清盛の奥さんだった人でしょ？　今の状況、清盛はどう思ってるのかな？」

「さあな。……ただ、お館様はああ見えて情の深い方だから、少なからず心を痛めてるんじゃないか」

「そっか……」

（片や妻だった人で、片や最近知り合ったばかりの他人。……清盛は、本当にわたしを助けてくれるかな）

奏には清盛以外に縋るものがいなかったが、彼の本心が何を思っているのかは奏にはわからない。

もし、平時子が心の底から奏を殺すことを望んだら——そうしなければ彼女の『業』が封じられないとしたら、清盛はどうするだろう。

そよそよと風に揺れる藤の花を見ていると、その揺れに合わせて、不安で心が揺れる。

すると、クロが奏の心中を見透かしたように、ぽん、と奏の頭に手を置いた。

「言ったろう。お館様は情の深い方だ。必ずなんとかしてくれる。信じろ」

「……うん」

そうだとしても、清盛の、心の底にある本心はそれを望んでいるのだろうか。

どうしてか、奏はそれがものすごく気になった。

☆

（其先祖を尋ぬれば、桓武天皇第五の皇子、一品式部卿葛原親王、九代の後胤、讃岐守正盛が孫、刑部卿忠盛朝臣の嫡男なり……）

上げた蔀《しとみ》から庭の藤棚を眺めながら、奏は何げなく『平家物語』の祇園精舎の一節を思い出していた。

祇園精舎はその言葉の羅列の美しさと相反して、何人《なんぴと》も栄枯盛衰の理からは逃れることはできないと謳《うた》う内容が物悲しく、これまであまり思い出すことはなかった。

それなのに、ぼんやりと庭を眺めているとその一節が脳裏をよぎる。

たぶん、無意識のうちに清盛のことばかり考えているからかもしれなかった。

(清盛は時子さんのことを、まだ好きなのかな?)

清盛が人間としての死を迎えたのは、西暦一一八一年のことだ。どこまでが本当のことなのかはわからないが、その様子は『平家物語』の入道死去に壮絶に描かれている。

今から数えて八百年以上も前のことだが、清盛は時子のことをまだ愛しているのだろうか。

クロは、清盛のことを情の深い方だと言った。奏もそう思う。そうでなければ、勝手に『葦原』へ迷い込んできただけの奏のことを、ここまで気にかけてくれるはずがない。

そんな情が深い清盛だからこそ、時子のことをまだ想っているのではないかと、そんな考えても仕方のないことを考えてしまう。

(清盛みたいに、わたしも人の考えていることがわかればいいのに)

そうすれば、こんなに不安にならなかったかもしれない。

清盛は飄々としていて、どこまでが本心でどこまでが本心でないのかわからないときがある。

奏には、清盛が何を思っているのか、さっぱりわからない。

清盛は優しいと思う。クロの言う通り、きっとなんとかして奏を助けてくれるだろう。多少の不安はあるが、それは疑っていない。疑っていたら、彼に縋ったりはしなかった。

でも、目の前に平時子が現れたら？

清盛の心は、揺らがずにいられるのだろうか。

彼の心が、いまだに時子にあるのならばなおのこと――清盛は、時子と対峙《たいじ》してまで奏を守ろうとしてくれるのだろうか。そうすることで、彼の心は痛まないのだろうか。

（ああ、もう……なんでこんな、余計なことばかり考えるの？）

たとえ八百年以上の時が経っていても、時子は清盛の妻だった人だ。彼が愛した人。そんな人と奏を比べて、奏が勝てるはずもない。清盛の心が揺れるのは仕方のないことだし、時子を前にして躊躇《ちゅうちょ》が生まれたとしてもそれは当然のことなのだ。

そして、清盛は時子の『業』を封じたいと思っているはず。だったら、躊躇しても最終的には時子の『業』を封印してくれる。それは奏が助かることにつながるわけで、結果がそうならばそれでいいはずなのだ。

だというのに、頭ではそうわかっているのに、もやもやする。

まるで、時子の存在を前に、清盛がほんの少しでも動揺するのも嫌だと言わんばかりに――自分のことを最優先に考えてほしいという、ものすごく傲慢な思いが胸の中に生まれそうになる。

「はあ……」

「おい、さっきから何を百面相してるんだ？」

ため息をついたとき、高欄にとまって毛づくろいをしていたクロが怪訝そうに訊ねてきた。

(百面相!?)

どうやら、考えていることが顔に出ていたらしい。

まずいと思って両手で頬を押さえると、クロがやれやれと言った。

「どうせくだらないことでも考えていたんだろ。そんなところに座ってぼーっとしているから余計なことを考えるんだ。少し散歩でもしてきたらどうだ？　内裏の外に出なければ自由に歩き回っても大丈夫だぞ」

クロの言うことは一理あるかもしれない。ぼーっと座り込んでいるから必要のないことまで考えるのだ。

「ありがと。じゃあ、ちょっと歩いてくる」

「おう、昼飯前には戻ってこいよー」

奏の守りとして側にいるクロがついてこないのは、おそらく気を遣ってくれているからだろう。

クロの気遣いに感謝しつつ、奏は部屋を出ると、南に向けて歩き出した。

——しかしその十分後。

「迷った……」

奏は渡殿——建物と建物をつなぐ廊下のようなもの——の真ん中で、眉を八の字にして立ち尽くしていた。

予定では、内裏の中を適当に一周して戻るはずだった。

けれども無計画に歩き回った結果、ここがどこだかわからなくなってしまったのだ。

(ここ、どこだろ……)

何か場所を特定するものはないだろうかと近くの部屋に入った奏は、「あ」と小さく声をあげる。

部屋の中の棚にはたくさんの草紙や巻物が積み上げられていて、棚に納まりきらないものが床の上にもたくさん積み上がっていた。

「ここ、あのときの部屋だ」

はじめて『葦原』にやって来たとき、追いかけてくる役人たちから逃げている最中に入った部屋だった。奏がうっかり巻物を破った部屋である。

「改めて見てみると、ずいぶんたくさんあるものね」

奏は巻物や草紙を踏みつけないように気をつけつつその場に腰を下ろすと、何気なく近くにあった巻物を手に取ってみた。

紐をほどいてするすると広げてみると、そこに描かれていたのは、何かの合戦の絵だった。

「なんの合戦の絵なのかしら？」

「承平天慶の乱だな」

「へー……、——!?」

突然、頭上から声が降ってきて、奏は弾かれたように上を見た。

見上げた先にいたのは清盛だった。奏の背後に立ち、覗き込むようにして巻物を見ている。

（気配なかったんだけど!?）

いったいいつ入ってきたのだろうか。

驚愕する奏をよそに、清盛は奏の手から巻物を奪い取ると、するすると巻き戻してしまった。

「これを破かれては困る。この『業』が解き放たれては、封じ直すのにかなり骨を折ることになるからな」

「それ、誰の『業』なの？」

奏だって巻物に『業』が封じられていることくらい知っているのだから、破るような不注意は起こさない。ムッとしつつ訊ねれば、清盛が巻物を棚に収めながら答えた。

「将門殿だ」

「将門って、平将門？」

「ああ。そなたに以前憑いていた女子の『業』と違い、将門殿は『葦原』にいる。将門殿のもとに『業』が戻った場合、私でも手が付けられん」

「え⁉　それ大変なんじゃ……」

「だから破くなと言った。というか、そなたはここで何をしている」

「散歩してたら迷子になって……ってさ、破かれたくないなら、きちんと片付ければいいじゃん。床の上に投げてないで」

「数が増えて収める場所がない」

「ほかのあいている部屋に移せば？」

「馬鹿を言うな。盗まれでもしたらどうするんだ」

清盛によると、この部屋には結界が張ってあって、部屋の中のものが持ち出されればすぐに清盛が感知できるようにしてあるらしい。侵入者にもすぐに気づけるそうで、だから奏がここに入ったこともわかったそうだ。

なるほど、怠慢で床の上に積み上げていたわけではないらしい。

「その巻物って、増えていく一方なの？　っていうか、草紙と巻物って何が違うの？」

「草紙には、『業』の持ち主についての情報が書かれている。巻物は、『業』の持ち主が『黄泉の国』へ下ったのち、輪廻転生の輪に入れば消えるが……、例え『黄泉の国』へ下ったとしても、生前への執着が強いものほど輪廻の輪に加わるのが遅いのだ」

『葦原』から黄泉へ下るものもいるが、黄泉に下ってもそこでのんびりと暮らすことを選んで、なかなか生まれ変わろうとしないらしい。おかげで巻物は一向に減らないという。

「ほら、わかったらそなたは外へ出ろ。そなたは粗忽《そこつ》そうだからな、いつ破かれるかと思うと、ひやひやする」

（めっちゃ失礼！）

そして、否定できないのが悔しい。

奏が部屋から出ると、清盛は妻戸をきっちりと閉めて、奏に向かって手を差し出した。

「藤壺まで送ってやる。……まったく、よくその脚で散歩しようなどと思ったものだな。痛くはないのか？」

「もう、それほど痛くないかな」

奏は自分の膝を見下ろす。脚にはまだ包帯を巻いたままなので痛々しく見えるが、痛みはほとんど引いていた。

気を遣った清盛が手を引いてくれるみたいなので、素直に従っておく。

手をつないで歩きながら、奏は清盛の横顔を見上げた。

相変わらず綺麗な男だ。生きて動いているのが信じられないくらいである。

（綺麗すぎて一見冷たそうなのに……意外と優しいのよね）

つながれた手も、温かい。

歩調も、奏の怪我を心配しているのかゆっくりだ。

清盛と手をつないで歩いていると、胸の奥が不思議とぽかぽかしてくる。それでいて、どことなく落ち着かない気分になるのが不思議だった。

「予定通り『中つ国』に帰るのか？」

ゆっくりと渡殿を歩きながら清盛が訊ねてくる。

明日から大学がはじまるため、奏は今日の夕方には『中つ国』に帰る予定なのだ。

「うん、カリキュラム組まなきゃいけないし」

「それは、明日中に行わなければならないことか？」

「そういうわけじゃ、ないけど……」

カリキュラムの提出期限までは、一週間ほど猶予がある。だから明日中に決める必要はないが、次の三連休中に平時子の『業』の対処が可能かどうかはわからないようなので、しばらく『中つ国』に戻れなくなることも想定して早めに組んでしまいたかった。

「クロを護衛につけるが、クロも『中つ国』では力を自由に使えん。人の目もあるからな。……危険があるかもしれんぞ」

そう言われると怖くなるが、けれど奏にも奏の生活がある。大学一年の後期の単位をまるまる落とすわけにはいかないのである。

「カリキュラムを早めに組んで、明後日にはこっちに戻ってくることにするよ」

カリキュラムの提出猶予期間にも講義があるので、明後日からの講義にも出席しておきたかったが、清盛がここまで言うくらいだ、本当に危険なのだろう。意地を張って迷惑をかけるわけにもいかないので、この日の講義は諦めよう。

「そうだな。それがいいだろう」

清盛がホッとしたような顔で、奏を見て微笑んだ。

その微笑みに、奏の心臓がざわざわと騒ぎ出す。

奏は清盛とつないでいないほうの手で心臓の上を押さえた。

「……ねえ、清盛」

「ついたぞ」

ふと、訊いても仕方のないことが口をついて出そうになったとき、清盛がそう言って足を止めた。

奏が与えられている部屋に到着したようだ。

「送ってくれてありがとう、清盛」

「いや。先ほど何か言いかけていなかったか？」

「ううん、大したことじゃないから」

「そうか？」

「うん」

頷いた奏の頭に、ぽん、と清盛の手が乗せられる。

「何かあれば呼べ」

清盛が去っていく後ろ姿を眺めながら、奏はそっと息をついた。

(時子さんのこと、まだ好きなの？　……なんて、訊いてどうしようっていうの)

奏は針を刺したような胸の痛みに気づかないふりをして小さく笑うと、去っていく清盛に背を向けて、クロの待つ部屋の中に入ったのだった。

☆

平時子。

平時信の子で、平清盛の後妻で正室。

時子の娘徳子が高倉天皇に入内《じゅだい》し、安徳天皇を生む。

その後、源氏との戦に敗れた平氏一門は壇ノ浦に追い詰められて、時子は安徳天皇とともに海に飛び込み自害した。

その時、安徳天皇に時子が言ったとされる「浪の下にも都の候ぞ」という言葉は有名だ。

(でも、どんな気持ちだったのかしらね)

幼い孫を連れて死ななければならなかった平時子の気持ちは、奏にはわからない。

なんとなく気になって、スマホで平時子を検索していた奏は、胸が痛くなって検索画面を閉じた。

奏は今、大学のカフェテリアにいる。

昨日の夕方に『葦原』からクロとともに自宅のマンションに戻ってきたが、今のところ身の回りに変わったことは起きていない。

だが、油断はできないので、清盛と約束したように明日の九月十五日には『葦原』へ向かうつもりだ。

平時子は、源頼朝やその子らの代わりに奏へ憎悪を向けているというのだから、このまま何もないほうがおかしいのである。

（クロがいても、『中つ国』じゃあ力を自由に使えないって言っていたし、用心しないとね）

もちろんクロのことは信用しているが、彼も奏にべったりと張り付くことはできない。

少なくとも大学の建物内にはクロを連れて入れないので、大学の中では彼は奏の側にいないのだ。今頃、野生の鴉のふりをして、大学の敷地内のどこかから様子を見てくれているのだと思うが。

スマホをテーブルの上に置くと、奏はシラバスを開いた。

シラバスを片手に後期のカリキュラムを組んでいると、「かなでー」と呼ぶ声がして顔をあげる。

同じ学部の友人が三人、手を振りながらこちらへ歩いてくるのが見えた。

「おはよー。夏休みはどうだった?」

三人は他県組で、夏休みに地元に帰ったようだ。「お土産」と箱に入ったお菓子をくれる。

「ありがとー。夏休みも普通にバイトしてたよ」

まさか宮島から『葦原』という別世界へ行きました、とは言えないので、奏は曖昧に笑って答える。

「バイトって……。奏もいい加減、彼氏作んなよ」

「女子大に出会いはないもん」

「奏、合コン行かないもんねー」

彼氏持ちの友人三人は、さぞ充実した夏休みだったに違いない。

(いい感じに日焼けしてるし、海とか行ったんだろうなー。いいなー)

彼女たちが楽しい夏休みを満喫していたとき、奏は異世界で無銭飲食を疑われて追いかけ回され、かと思えば『業』とやらに取り憑かれ、それが解決したかと思えば今度は源氏一門の代わりに平時子に命を狙われているという、ありがたくもない日々を送っていた。

しかも現在進行形。

「はあ……」

「どうしたの、突然ため息なんてついて」

「ちょっと、いろいろあって」

「なにそれ意味深！」

「男？」

「奏にもついに春？　もしかしていい出会いがあった？」

「そんなんじゃないよ」

出会いはあったが、相手は神様と鴉だ。そんな甘酸っぱいものではない——はずである。

友人たちは奏のいるテーブルに座ると、シラバスと後期の講義日程を広げる。

「ここさ、取りたい講義がかぶってるんだよねー」

隣に座った友人に言われて、奏は講義日程を覗き込み「わかる」と頷いた。

「そこ、わたしも悩み中！　個人的には中古文学史入門かなとは思ってるけど、変体仮名入門の先生面白いからそっちも取りたい」

「だよねー！」

どの授業を取るかは来週末までに提出すればいいことになっているが、その間にも授業は開かれる。出席も取られるから、今日のうちに何を取るか固めてしまったほうがいいのだ。

友達とわいわい騒ぎながら授業を決めていると、カフェテリアのはめ殺しの窓ガラスが、背後でミシリと嫌な音を立てた。

「窓から離れろ！」

それと同時に聞こえてきたクロの声に、奏はハッとして立ち上がる。

「離れて！」

友達の手を引いて、窓ガラスから離れようとした奏の背後で、パリン！　パリン！　と次々に窓ガラスが割れる音がした。

「きゃあああああ‼」

カフェテリアに、たくさんの悲鳴が重なるように響き渡る。

奏の友人の一人は腰を抜かして、一人は目を見開いて硬直し、もう一人は動転して大声で叫んでいた。

ガラスの破片がカフェテリアに散乱し、数人が怪我をしたようで、すすり泣く声もする。

奏は真っ青になって立ち尽くした。

（そんな……）

悪夢を見ているようだった。

（わたしのせいだ……）

割れた窓ガラスの向こう側の木に、クロがとまっているのが見えた。

くいっとクロが顎をしゃくるように首を動かすのを見て、奏は弾かれたようにテーブルの上のシラバスやスマホをトートバッグの中に片付ける。

(急いでここから離れなきゃ！)

悠長に構えていたら、次の被害が出るかもしれない。

「ごめん！　バイトあるの忘れてた！」

茫然としている友人たちに叫ぶように言って、奏は割れた窓ガラスに背を向けて走り出した。

(わたし、馬鹿だ。わたしだけが狙われると思ってたけど、近くに人がいたら、その人たちも巻き込まれるのは当たり前じゃない……！)

暢気《のんき》にカフェテリアで授業を組んでいる場合じゃなかった。

奏が走ってカフェテリアの外に出ると、クロがすーっと飛んでくる。

「そのまま『葦原』へ向かえ」

奏だけに聞こえるように小声でクロが言った。

奏は大きく頷き、そのまま飛んでいくクロのあとを追いかけて、大学の外へ向かって走る。

ドクドクと、心臓が大きな鼓動を打ちすぎて軋《きし》んでいる気がした。

割れたガラスとうずくまる人、悲鳴――

走る奏の頭の中では、それらの映像が何度も何度も繰り返されていた。

ガラスで怪我をした人は、大丈夫だっただろうか。

心配で仕方がなかったけれど、あの場に奏が残っていたら、もっとひどいことが起こるかもしれない。

大学の外へ飛び出すと、バス停でバスを待つ時間も惜しくて、奏はそのまま広島駅まで走ることにした。

怖かった。

足を止めると、その瞬間にまたほかの人が巻き込まれてしまうのではないかと思って。

走ったせいだけではない息苦しさを感じる。

クロが奏の隣を並走して、時折「大丈夫だ」と声をかけてくれるが、その声に応える余裕すらなかった。

怖くて怖くて、頭がおかしくなりそうだ。

（わたしのせい……わたしの……）

ひび割れたはめ殺しの窓ガラスの、鋭利な先端。

もし、割れて鋭く尖ったガラスが誰かの胸や腹に突き刺さっていたらどうなっていただろう。

大怪我をした人がいないと思いたい。でも、確かめている暇がなかったからわからない。

「……っ」

油断していると涙が溢れてきそうだ。

（しっかりしないと。泣いている暇はないの！）

ここで奏が立ち止まれば、次の被害者が出るかもしれない。

立ち止まって、大声で泣き叫んでしまいたかったけれど、人を巻き込んでしまった奏にそんな甘えは許されないのだ。

（大学に行くなんて我儘を言わずに、清盛の言う通りずっと『葦原』にいればよかった）

そうすれば、誰かを巻き込むこともなかったのに。

広島駅まで到着すると、息が整うのも待たずに改札口へ向かう。

ＩＣカードで改札をくぐり、ＪＲ山陽本線に飛び乗った。

さすがにクロは電車に乗れないので、一足先に宮島口駅に向かっていると思う。

空いている座席に座ると、ガタガタと全身が震えた。

溢れてきそうになる涙をぬぐって、祈るように両手を握りしめる。

（早く……）

早く、ついてほしい。

この電車が狙われる前に、早く。

電車が駅で停まるたびに、平時子が襲ってくるのではないかと不安になる。

こんなにも一分一秒が長く感じられたことなどなかった。

早く——それしか考えられない。

およそ三十分ほどかけて宮島口駅に到着すると、改札をくぐって、奏は走った。

フェリー乗り場まで急いで、フェリーに乗って宮島桟橋に到着すると、ため息が零れ落ちる。どうやら恐怖のあまり呼吸も浅くなっていたようだ。

（クロは……）

青空の下、クロを探して視線を彷徨わせれば、海沿いの松の枝に止まっているのが見えた。

奏はホッとして、厳島神社へ向かって速足で歩き出す。

厳島神社の中に入ると、まっすぐ厳島神社本殿へ向かった。お賽銭を入れる余裕もなく、急いで柏手を打てば、視界がぐにゃりと歪む。

『葦原』に到着すると、奏は羅城門の前でへなへなと膝をついた。

肩で息をしながら、両手で顔を覆う。

（やっとついた……）

これでほかの人を巻き込むことはない。安堵したからだろうか、全身の力が抜けて動けなかった。

「大丈夫か？」

クロが鴉から人の姿になって、奏の側にしゃがみ込んだ。

「大丈夫じゃ……ない」

震える唇で声を絞り出せば、ひくりと嗚咽《おえつ》が漏れた。

「怪我した人がいた……。わたしがカフェテリアにいなかったら、誰も怪我なんてしなかったのに……わたしがいたから、巻き添えになった人が……」

清盛はしばらく『葦原』にいろと言ったのに。

奏が大学に行きたいと我儘を言わずに清盛の忠告を聞いていたら、あんなことは起こらなかった。

「危ないってわかってたのに……」

クロもいるし、少しくらいなら大丈夫だろうと高をくくっていた。その結果がこれだ。

「大怪我をした人がいたらどうしよう……」

一歩間違えていたら死人も出ていたかもしれない。

もしそんなことになっていたら、それは奏が殺したも同じだ。

怖くて——どうしようもなく怖くて、奏の体がガタガタと震える。

震える腕を自分の手で抱きしめて、奏はきゅっと唇をかんだ。

ぽろぽろと涙が溢れてくる。

「おい。落ち着け。ガラスの破片で多少切ったやつはいたけど、大怪我をしたやつはいなかった。ガラスが割れたのはお前のせいじゃない。お前も巻き込まれた側だ。だから、お前が責任を感じる必要はないんだ」

クロがそう言って、ぐしゃぐしゃと奏の頭を少し乱暴に撫でた。

でも、いくら慰められても、奏はどうしてもクロの言う通りだとは思えなかった。奏がいなければ窓ガラスが割れることも怪我をする人もいなかったのは、まぎれもない事実だ。

「泣くなよ」

「……ぅー」

泣くな、と言われても涙が止まらない。

十九年生きてきた中で、自分のせいで人が死ぬかもしれないという状況ははじめてで、その重さは簡単に消化できるようなものではないのだ。

涙を止める方法も、震えを止める方法も、恐怖を消す方法も何もわからなくて、奏はただ胸の底からとめどなく溢れ出てくる感情のままに泣くことしかできない。

「奏、泣き止めよ……」

奏の頭をわしゃわしゃと撫でながらクロが途方に暮れたような声を出したときだった。

「何をしているのかと思えば……」

ため息のような声が聞こえた。

声の正体に気づく前に、奏の体がふわりと誰かに抱え上げられる。

衣に焚きしめられているよく知った香りに、自然と体の力が抜けた。

涙でぐしゃぐしゃの目を見開けば、すぐ近くに清盛の顔があった。

「清盛……」

清盛は何も言わず、ぽんぽんと子供をあやすように奏の肩を叩いた。

その優しい仕草にいっそう涙が溢れてくると、清盛が微苦笑を浮かべる。

羅城門の側には牛車が停めてあって、清盛は奏を抱えたまま車の中に乗り込んだ。

クロがホッとした顔をして鴉の姿になると、牛車が動き出すのも待たずに内裏の方角へ向けてすーっと飛び去っていく。

牛車に乗り込んでも、奏は清盛に抱きしめられたままだった。

ぽんぽん、と清盛が奏の背中を撫でながら、優しく微笑む。

「好きなだけ泣け」

そう言われた瞬間、堰《せき》を切ったように、奏の中でとぐろを巻いていた感情が溢れ出した。

「っ……、ああああああああ――――！」

そして奏は、清盛の腕の中で、自分でもわけがわからないまま、大声で泣きじゃくったのだった。

六、祭りの夜

目が覚めると、あたりは暗くなっていた。

(わたし……)

半分ほど巻き上げられている御簾の奥に、満開の藤の花が、月明かりにぼんやりと浮かび上がって見えた。

(ここ……藤壺?)

奏は帳台の中で眠っていたようだ。

だが、自分の足でこの中に入った記憶がない。

上体を起こして、寝起きでぼーっとしている頭で記憶をたどってみる。

(大学のカフェテリアの窓ガラスが割れて……『葦原』に逃げてきて、それから……)

清盛が牛車で迎えに来てくれて、彼の腕の中で号泣した。

そこまで思い出して、奏は真っ赤になった。

(うわ! うわ! 恥ずかしい……!)

清盛にしがみついて子供のように大声をあげて泣きじゃくった。いくら恐怖で感情がぐちゃぐちゃになっていたからといっても、さすがにあれはない。

清盛の腕の中で泣いたそのあとの記憶がないから、おそらく泣き疲れて寝落ちしたのだろう。

（何やってんのわたし……）

どんな顔をして清盛に会えばいいだろう。穴があったら入りたい。

恥ずかしさに打ちひしがれていると、視界の端に藤の花以外の何かが映った気がした。

目を凝らすと、藤棚の近くに誰かがいる。

（こんな夜に誰かしら……？）

奏は起き上がると、帳台から外に出て、そーっと廂のほうに歩いていった。

内裏の中は清盛のお膝元なので不審者はいないはずだ。わかっていても、夜に人影を見ると小さな不安が胸の中に広がる。

（って、清盛？）

奏は角柱の影から庭を確かめて、ハッとした。

さらさらと夜風に揺れる銀色の髪が、月の光を受けてきらきらと輝いて見える。

清盛は藤棚の前に立って、静かに紫色の藤の花を見上げていた。

（わわ、どうしよう……）

昼間のことが思い出されて、奏は角柱にしがみついて固まった。

月明かりの下にたたずむ清盛は、妙に絵になっている。藤棚の見事な藤の花の存在もあってか、一枚の絵画のようだ。

(清盛の胸で泣いたと知られたら、二位尼に殺される前にファンのお姉さんたちに殺されるんじゃないかしら……)

ふと、そんな不安を覚えてしまった。

貝合わせの絵にまで登場している清盛である。そこいらのアイドルも裸足で逃げ出すほどの美貌を持つ彼には、熱狂的で過激なファンがついていてもおかしくない。少なくとも、梅の邸で奏の世話をしてくれた女房たちや、内裏の女官たちは清盛のファンと見て間違いないだろう。

心の平穏と身の安全のために、昼間のことはなかったことにならないだろうかと、奏が真剣に馬鹿なことを考えていると、清盛が肩越しに振り返った。

ドキン、と奏の心臓が跳ねる。

「起きたのか」

「え……あ、う……うん」

角柱にしがみついたまま動けない奏のもとに、清盛がゆっくりと歩いてくる。

「そんなところで何をしているんだ」

「す、す、涼んでる……」

「柱に張り付いてか？」

「うん。そう。柱、冷たいから！」

我ながら苦しい言い訳だと思うも、角柱から手を離せば途端に無防備になってしまう気がして手が離せない。

柱一本でも清盛との間にワンクッションないと、緊張と羞恥で倒れそうだ。

「今夜はそれほど暑くはないだろうに、おかしな女だな」

清盛の言う通り、今夜は暑くて寝苦しい夜ではない。

清盛の言うところの『中つ国』ではまだまだ残暑が厳しくて、夜も寝苦しい日が続いているが、それに比べて『葦原』はすごしやすい気候だ。

「清盛は、なんでここにいるの？」

「ここは私の家だが？」

その通りだが、そんな答えが聞きたいわけではない。

何故、奏が借りている部屋の庭にいたのかと訊いているのだ。

清盛は薄く笑って、柱にしがみついている奏の顔を覗き込んだ。

「様子を見に来た。どうやら落ち着いたようだな」

落ち着いたかと言われると正直微妙なところもある。まだ怖いという気持ちは残っているし、人を巻き込んでしまったという罪悪感はおそらく一生消えない。

けれど、昼間に泣き疲れて眠るほど泣きじゃくったからか、胸の中で持て余していた恐怖や不安といった感情は体の外に出ていったようだ。今の奏は、わけもなく泣きじゃくるほど感情が乱れているわけではない。

「心配してくれたの？」

「まあ、そうだな。私の妻だったものがしでかしたことだからな、巻き込んでしまったお前を心配するのは当然だろう？」

「そっか……」

時子に巻き込まれたから心配するのか。

（つまり、巻き込まれたのがわたしじゃなくても、清盛は同じように心配するんだろうな）

どうしてだろう、胸の奥が痛い。

角柱にしがみついたまま視線を落とせば、清盛が怪訝そうな顔をした。

「どうした？　まだ落ち着いていなかったか？」

「ううん、大丈夫」

「大丈夫という顔ではないが……」

いつも勝手に心の中を読むくせに、こういうときは読まないいんだなと奏は複雑な気持ちになった。

ぐちゃぐちゃと自分でもよくわからない心の中を暴いてほしいような、それでいて暴かれたくないような、不思議な気分だ。

清盛が髪を梳《す》くように奏の頭を撫でる。

「落ち着いていないようなら、気晴らしに夜の散歩にでも連れ出してやろうかと思っていたんだが……行くか？」

「夜のお散歩？」

それは内裏の中だろうか、外だろうか。

どちらにしても、夜の散歩という響きにはちょっと背徳感があってドキドキする。

(清盛と一緒にお散歩なら、行きたいかも)

もやもやしていた胸の中が晴れていく。

奏が頷けば、清盛が笑って手を差し出した。

「では行くか。絶対に手を離すなよ」

「うん。あ、待って、靴……」

散歩に行くなら靴を履かなくてはと言いかけた奏だったが――次の瞬間、声にならない悲鳴を上げて硬直した。

(う、う、浮いた……!)

ふわりと、奏の体が宙に浮いたのだ。

驚愕している間に、清盛に手を引かれて、奏の体はどんどんと上空へ向かって浮かび上がっていく。

奏の体はぐんぐんと上昇し、『葦原』が見下ろせる高さで止まった。

「き、き、清盛……?」

「なんだ?」

「浮いてるんだけど……」

「ああ。散歩と言ったろう?」

(これが散歩!?)

奏の予定では、内裏の中をゆっくり歩きまわったり、夜の『葦原』を見て回ったりするのが散歩だと思っていた。

(空中散歩なんて聞いてない!)

ずっと下にある内裏が小さい。

空を見上げればあたり一面星空で、びっくりするくらい大きな銀色の月が輝いていた。

「こ、これ、落っこちたりしないの……？」

「私の手を握っていれば問題ない。離せば真っ逆さまだが、試してみたいか？」

「試したいわけあるか！」

誰が好き好んで紐なしバンジー体験をしたがるだろうか。冗談じゃない。

奏が思わず叫ぶと、清盛がクックッと喉の奥で笑った。

「それだけ元気があれば大丈夫そうだな。ほら、夜はまだ長い。ゆっくりと見て回るか」

清盛に手を引かれて、奏は恐る恐る足を踏み出す。

(不思議。宙に浮かんでるのに、ちゃんと歩ける)

例えるなら、空気を入れたゴムボートの上を歩いているような、ちょっとふわふわした感じがする。

「街灯とかないのに、結構明るいのね」

「篝火《かがりび》を焚いている邸が多いからな。内裏もほら、いくつか赤い炎が見えるだろう？」

「本当。……一歩間違えれば火事になりそう」

「ここでは、そのような馬鹿なことにはならん」

言われてみれば確かに、不思議な力がまかり通る『葦原』で、火事が原因で人が慌てる様子は想像できない。

「『中つ国』にいたときは、内裏が炎上するのを見たことがあるがな」

(そういえば昔は、内裏で何度か火事があったのよね?)

『中つ国』にいたころの清盛が見たのならば、『平家物語』にも書かれている治承元年の火災のことだろうか。訊いてみたいような気もしたが、昔の火災は現代とは比べ物にならないほど大勢の死傷者を出していたようだから、結局怖くなって訊ねるのをやめた。

「こうして改めて見下ろしてみると、綺麗ね」

平安京のような作りの『葦原』は見下ろせば碁盤の目のように正確に道が走っている。

邸の庭はどこも風流で、いつまでも見ていたいような気にさせた。

(平安時代は、羅城門に近いほど貧しい人が住んでいるとか、右京はさびれていたとか言うけど、『葦原』ではそういうのは関係ないみたい)

邸の大小はあれど、羅城門の近くにある邸も右京の邸も、どれも風流で整ったものだった。

「少しは気分が晴れたか?」

「うん。ありがと」

隣の清盛を見上げれば、彼は銀色の目を優しく細めてこちらを見下ろしていた。

見つめられるとなんだか急に恥ずかしくなってきて、奏は慌てて視線を落とす。

（あれ、なんかまずいかもしれない……）

鼓動がおかしい。

トクトクと脈が速くなって、体温が上昇するのが自分でもわかった。

自分自身に起きた変化に慌てていると、清盛が奏の歩調に合わせて歩きながら思い出したように言った。

「そう言えば、そなたに訊きたいことがあったんだった」

「き、訊きたいこと……？」

「ああ。」

「源頼朝、それからその五人の子らの生没年だ。私は一部しか知らぬのでな」

「生没年？」

そんなものを聞いてどうするのだろうか。というか聞かれても困る。奏も頼朝やその子供たちの生没年なんて覚えていない。

「急に言われても……」

「覚えていないか」

「うん。どうしても必要？」

「必要らしい」

「らしい?」

ということは、清盛も誰かに頼まれたのだろうか。

珍しく清盛が困った顔をしている。困り顔の清盛を見ているとどうにかしてあげたくなってきて、奏は必死に頭をフル回転させた。

（一回家に帰ればわかるかも……あ、そうだ！）

奏はトートバッグの中のスマホの存在を思い出した。どういうわけか、『葦原』でも電波を受信しているので、ウェブ検索をすればすぐにわかるはずだ。

「調べればわかるかも。あとでもいい？」

「ああ、助かる」

清盛がホッとしたように笑う。

清盛の笑顔に心臓がまたバタバタと騒がしくなって、奏は彼とつないでいないほうの手でそっと心臓の上を押さえた。

清盛とゆっくり上空を散歩して、明け方近くなって奏は内裏の飛香舎に戻る。

約束通り鞄からスマホを取り出して、源頼朝とその子らの生没年を調べた。

（っていうか、どこから電波来てるんだろ）

『葦原』には当然のことながら電波塔なんてない。

考えたところでわかるはずもないので無視することにして、奏はスマホでブラウザを立ち上げた。

「ええっと……まず源頼朝からね。久安三年四月生まれで、建久十年の一月に死んだみたいね。次に頼家は――」

源頼朝に続けて頼家、実朝、大姫、乙姫、貞暁の五人の生没年を伝えると、清盛は満足そうな顔をして奏の頭をポンと撫でた。

「助かった。もう明け方だが、少しは眠るといい」

そう言って、清盛が部屋を出ていくと、奏は彼に撫でられた頭を押さえてその場に突っ伏す。

(ああ、もうだめ。決まりだこれ……)

顔が熱い。心臓がうるさい。

(わたし、自分より顔のいい男は嫌なはずなのに)

――どうやら、いつの間にか清盛に心を奪われていたらしい。

「うぅ……恥ずかしい……」

自分の感情を自覚すると同時に襲ってきた羞恥心に、奏は結局、一睡もすることができずに朝を迎えたのだった。

☆

（まっずいなぁ。清盛ってあれでしょ？　神様なんだよね？）

ベンベン

（人としての清盛は養和元年に死んじゃってるもんね？　まあ人だったころの清盛なんて？　宮島にある銅像みたいな剃髪したおじいちゃんだから好きになったりなんかしなかったんだろうけどさ）

ベンベン

（とにかく好きになったたって不毛すぎるんだから、この気持ちは早く昇華しちゃわないとだめなわけで……）

ベンベン

（ああっ、そう思ってる端から清盛のことばっかり考えてるわたし、しっかりしろ！）

ベンベン

「やめろ！」

部屋の中にあった琵琶の弦を指先で弾いては悶々《もんもん》と考え込んでいると、クロが我慢の限界とばかりに機嫌の悪そうな声で奏の思考をぶった切った。

人の姿のクロは両手で耳を塞いで、ものすごく嫌な顔をしている。

「弾けもしないのに触るな。耳がおかしくなる」

「ちょっと弾いただけじゃない！」

じっとしていると落ち着かないのだ。いや、じっとしていなくても清盛のことばかり考えているのだから結局一緒かもしれないが、とにかく何か気を紛らわせるものがほしい。

第一、それほど大きな音は立てていないはずだ。

「博物館でしか見たことのない楽器なんだから、きちんと弾けないのは当たり前じゃん！」

音楽の才能はこれっぽっちもないので、初見の楽器が弾けるなどというミラクルは絶対に起き得ないのである。だが、この手の楽器はそれっぽく弦を弾けばそれっぽい音が出るので、耳を塞ぐほどの不協和音ではなかったはずだ。

「だったら触るな！」

それなのに、クロは不機嫌顔のまま奏の手元から琵琶を取り上げてしまった。

(クロめ……人の気も知らないで)

奏が清盛に恋心を抱いてしまったなどと、クロが知るはずもないので仕方がないのかもしれないが、気を紛らわせるものを取り上げられた奏はムカッとした。

(ああ、もう、どうしよう。どんな顔をして清盛に会えばいいわけ?)

最初は腹の立つ男だとしか思っていなかった。

『業』に取り憑かれて助けてもらったときは、ちょっと性格が悪いけど意外と優しいなぁくらいにしか思っていなかったはずである。

(いや、もしかしてそのころあたりから、やばかったのかな?)

少し曖昧なところはあるが、清盛にドキリとしたことがあった気がする。

(好きになったところでどうしようもないのに)

清盛は『葦原』の人で、神様だ。

奏とは住む世界が違う人で、どうあがいたところでこの気持ちが成就することはない。

つらくなる前に早々にこの気持ちを封印しなければ――そう思うのに、自分自身を説得しようとするたびに苦しくなる。

昨日、大学のカフェテリアで恐怖を味わったというのに、次の日には別のことで頭がいっぱいとか、我ながら薄情なものだと思うけれど考えるのをやめられない。

クロに琵琶を取り上げられて、奏は仕方なく部屋の高坏《たかつき》の上に置かれている干し芋に手を伸ばした。

これは、奏が食べても問題がないものだと言って、朝食のあとでクロが持ってきてくれたものだ。

幸か不幸か清盛は朝から忙しくしていて、まだ顔を合わせていない。

干し芋をむしゃむしゃと食べていると、琵琶を片付けたクロがあきれ顔をした。

「落ち着きがないな。暇なのか？」

暇と言えば暇だが、落ち着きがないのは暇だからではない。

(複雑な乙女心なんて、所詮鴉にはわからないのよ)

恋心を封印しなくてはと思うと心がガサガサしてくるのか、意味もなく誰かに八つ当たりしたいような、ちょっぴりとげとげしい気持ちになってくる。

「暇ならそこに碁があるだろう」

「囲碁のルール知らないし」

「教えてやろうか？」

「いい。この手のゲーム、弱いから」

オセロですら、大抵負けるのだ。囲碁なんて頭を使いそうなゲーム、奏が勝てるはずがない。それに、囲碁で頭を使ったからといって気が紛れるとは思えなかった。

「じゃあ、祭りにでも行くか？」

「お祭り？　お祭りがあるの？」

「ああ。『葦原』じゃあ一か月に一度祭りがあるんだが、それが丁度今日だ。昼すぎから夜半までやっている。そろそろはじまるんじゃないか？」

クロによると、祭りの日には露店がたくさん立ち並び、神輿《みこし》が通るらしい。祭りに行けば、少しは気が紛れるだろうか。内裏にいたらそこかしこに清盛の気配を感じるようでドキドキしっぱなしなので、外に出られるのは嬉しかった。

「行きたい！」

「じゃあ連れてってやるから支度しな。年頃の女がいつまでも無防備な格好でごろごろしてんじゃねぇよ」

言われて、奏は自分の格好を見下ろした。

着替えがないので、奏は女官から借りた白い小袖を着ている。

（無防備の定義が違いそうな気がするな）

露出も少ないし、どこも無防備ではないはずだが、『葦原』では小袖一枚ですごすことは無防備と定義されるようだ。

奏は帳台の中に入ると、小袖を脱いで昨日着ていたワンピースに着替えた。

（小袖よりこっちのほうが露出多いのに、変なの）

ワンピースに着替えて帳台から出ると、クロの案内で内裏を出る。

内裏の中にいるときは気が付かなかったが、外はすっかり祭りの雰囲気だった。

朱雀門を出てすぐの道には露店がひしめき合っていて、メイン通りの朱雀大路はすごく混雑している。露店は朱雀門から六条のあたりまでずらりと続いているらしい。

(見た目は平安京みたいな世界なのに、射的とかあるし!)

露店の雰囲気だけ見れば、昭和レトロな縁日のような感じがした。

「人多いからな、はぐれるなよ」

クロがそう言って、奏の手を握る。

広い朱雀大路には進むのも窮屈なほど人が集まっているので、油断しているとすぐに迷子になりそうだった。

「ねえ、あれ何?」

「ただの水あめだ」

「水あめって、普通は金色じゃないよね!?」

クロは「ただの」と言ったが、金色に光る水あめが「ただの」水あめだとは思えない。

(この世界の食べ物ってホント、謎だわ)

主に色彩がおかしい気がする。

「あそこに鬼っぽい人がいるんだけど！」

「赤鬼だろう？」

「え、本物？」

「逆に偽物がいるのか？」

仁王立ちになっている二メートルはあろうかという赤鬼に、子供たちがボールを当てて遊んでいる。あれも縁日のゲームのようだが、耳まで口が裂けている、見るからに怖そうな赤鬼にボールを当てられる子供たちの気が知れない。

「じゃああれは？」

「金魚すくいだ」

「金魚って大きさじゃないよね⁉」

大きな水槽に泳いでいる金魚は、大人の顔くらいの大きさがある。

「ポイのほうが小さいじゃん！　あれじゃあ絶対すくえないし！」

「コツがあるんだ。見せてやる」

自信満々にクロが金魚すくいの店に歩いていって、和同開珎《わどうかいちん》のようなお金を店主に支払う。

（なるほど、あれがここのお金か。道理で……）

『葦原』に来た日、店で千円札を見せて受け取ってもらえなかったはずである。

金魚の半分以下の大きさのポイと、洗面器サイズの皿を受け取ったクロが、じっと水槽を見つめて狙いを定めた。

「よし！」

素早い動作でポイを水槽に入れたクロが、勢いよく金魚を空中に跳ね上げた。

それを、ギリギリ金魚が入る大きさの皿で受け取る。

洗面器サイズの皿の上で、ビチビチと金魚が跳ねていた。

（おお！　ポイの縁で取ればいいわけね！）

だが、クロは簡単そうにやってのけたが、やはり普通は無理な気がする。

奏が感心していると、クロが妙なことを言い出した。

「おやじ、塩で」

「はいよ」

（塩？）

なんのことだろうと思っていると、クロが取った金魚が目の前であっという間に捌《さば》かれて、塩焼きになって出てきた。

「…………マジ？」

まさかの展開に、奏の目が点になる。

（この金魚って、食べるためのもの⁉）

奏が知っている金魚すくいの金魚サイズでは食べるところはないだろうから、食用ならば、この大きさなのも頷けるが――あまりの違いに唖然とするしかない。

絵的に抵抗感の強い金魚の塩焼きをあっという間に食べ終えて、クロが平然とした顔で「次に行くぞ」と言ったが、カルチャーショックを受けている奏は反応できずに、クロに手を引っ張られるままに別の露店へ移動した。

（いろいろ驚くことばっかりだけど、クロのおかげで、いい気分転換になるわ）

見るもの見るものに驚くので、余計なことを考えている暇がない。清盛の存在が頭の中から消え去ることはなかったけれど、それでも清盛のことだけしか考えられずに身動きが取れなかった先ほどとは全然違う。

好きになった人を諦めなければと自分に言い聞かせるほど苦しいことはないので、僅かな時間でもそのことが頭の中から抜け落ちてくれるのはありがたかった。

「ねえ、クロ。なんか変な音しない？」

露店を覗きながら歩いていると、背後からドンドンガチャガチャと賑やかな音が聞こえてきて、奏は肩越しに振り返った。

「神輿が通るみたいだな。ここにいると邪魔になる。端に移動するぞ」

「へえ、お神輿！　見るのは子供のとき以来なのよね——って、ええ⁉」

わくわくしながらクロとともに朱雀大路の端っこに移動すれば、道のど真ん中を派手な一行が練り歩いていて、奏はギョッとした。

（神輿って、百鬼夜行⁉）

神輿と言われれば神輿らしきものもあるが、それを担いで歩いているのは見るからに妖怪っぽい。その周りには釣太鼓に足が生えた見た目の人（人なのかはわからないが）や、龍笛を構えている一つ目の人、琵琶を抱えて宙に浮いている人などが大勢いて、それぞれが大きな音で演奏していた。

（普通の見た目の人、誰もいないじゃん！）

馬や魚などの顔の人も普通に生活しているから、多少は見た目の違いに慣れてはいたが、神輿の一行の全員が異形だとさすがに驚く。

「クロ、カルチャーショックで頭がくらくらするから、普通のものが見たい」

「はあ？」

神輿が通り過ぎたあとでそんなことを言えば、クロが目を丸くした。

「普通ねえ……『中つ国』の普通っつったら、たとえばあれか」

クロが指さした先には、キラキラと可愛らしい色の金平糖を売っている店があった。

（光ってる時点で普通じゃない気もするけど、まあ、ほかと比べたらましか……）

クロとともに露店へ行くと、百色色鉛筆を見ている気分になるほどカラフルな金平糖が、大きな深皿の中に入っている。

「きれいね」

「お前は食べられないぞ」

「わかってるわよ」

『葦原』の食べ物は食べてはいけない。それは以前に清盛から言われたことだ。

それにしても、金平糖なんていつぶりだろうか。小学校低学年のときに、祖父母からもらって以来かもしれない。見た目は可愛いが食べればただの砂糖味なので、自ら好んで買うこともなく、ずっと目にしていなかった気がする。

「こんなふうに光ってると、宝石みたいに見えるね」

「金平糖がか？　変わってるな、お前」

「クロには当たり前でも、わたしは光る金平糖を見るのははじめてだもん」

「ふぅん？　ま、気に入ったみたいだし、今度お前が食べられる金平糖を用意してやるよ」

奏が食べられる金平糖なら、駄菓子屋で売られているものと変わらない気がするが、クロの優しさは素直に受け取っておくことにした。

「ありがと」

「ああ。楽しみに待ってろ」

クロとともに一通り露店を見て回っていると、だんだんと空が茜色に染まりはじめて、それを見たクロがあっと声をあげた。

「舞楽の時間だ。音羽山へ行くぞ」

「音羽山？」

「清水の寺でもう少ししたら舞楽が舞われるんだ」

「え、でも、清水寺ってここから離れて――」

「急ぐぞ」

奏が皆まで言う前に、クロが奏をひょいっと横抱きにした。

「きゃあ！」

「つかまってろよ！」

クロが片足で地面を蹴ると、彼の背に黒い対の翼が生えた。

（へ!?）

驚愕する奏をよそに、クロはばさりと翼をはためかせて宙に飛び上がる。

どんどん地上の街並みが小さくなって、奏はひしっとクロにしがみついた。

(清盛にしてもクロにしても、当たり前のように空を飛ばないでほしいんですけど!)

せめて前置きくらいはしてほしい。清盛やクロには普通のことかもしれないが、奏は違うのだ。体がふわりと宙に浮くたびに緊張で体が強張ってしまう。

「お、お、おおお落とさないでね」

「大丈夫だ、まかせとけ」

クロは音羽山へ向けてどんどん速度を上げていく。

そしてそのまま清水寺の舞台のすぐ近くに降り立った。

舞台では舞楽の準備が整えられていて、はじまりを待つばかりとなっている。

はじまりを今か今かと待っている人に混じって、奏とクロも舞台のほうを見やった。

「今日は春鶯囀《しゅんのうでん》か」

「あ、それなら知ってる。光源氏が舞ったやつ」

「見たことあるのか?」

「それはない」

『源氏物語』で読んで知っているだけだ。確か「花宴」で、東宮に請われて光源氏が舞った演目のはずである。

話しているうちに、楽器の音合わせがはじまった。

和楽器特有の、腹の底に響くような重厚な音がする。

わくわくしながら待っていると、金色の鳥甲《とりかぶと》を被った六人の男たちが出てきた。

左右に三人ずつ分かれて、少し甲高い笛の音とともに舞がはじまる。

六人の動きはぴったり揃っていて、楽の音も舞の動きもゆったりとしていた。

けれども舞人の足の動きに合わせて、間でドンッという太鼓の音が響くので、ゆったりとして雅だが迫力も感じる。

「今舞っているのは『颯踏《さっとう》』だな。『颯踏』と『入破《じゅは》』だけするんだろう」

クロが教えてくれたが、そもそも奏は何が『颯踏』で何が『入破』かもわからない。

ただ、今時のダンスのように派手な動きはないが、妙に引き込まれる。

舞台から見える茜色の空も、演目にとても合っている気がした。

自然にため息がこぼれて、時間の流れがゆっくりになったような錯覚を覚える。

目も、耳も――すべての神経が目の前の演目に吸い寄せられて、奏が夢中で見入っていたそのときだった。

「まずい！」

ぐっと手を引っ張られて、奏はその場につんのめった。

「逃げるぞ！」

「え……え⁉」

クロが奏の腕を引いて、強引に立ち上がらせる。

「いいから走れ‼」

怒鳴られて、奏は訳もわからずクロが腕を引くほうへ向かって走り出した。

その直後、背後からミシミシという音が聞こえてきて、奏は走りながら肩越しに振り返る。

奏の目の前で、鈍い音を立てながら舞台が傾いた。

ドォン！　と大きな音を立てて舞台が崩れ落ちる。

あちこちで悲鳴が上がった。

舞台の上にいた人が、崩れた舞台に巻き込まれて下に落ちたのだ。

「クロ！」

「いいから走れ！　そこから飛ぶ！」

「でも……！」

「大丈夫だ！『葦原』の人間は落ちた程度では死なん‼」

業を煮やしたようにクロが奏を抱き上げて、背中に翼を生やすと、高欄を蹴って空へ飛びあがった。

茜色に染まった空の下を、まともに息もできないほどの早いスピードでクロが飛んでいく。

あっという間に内裏まで戻ってくると、奏を抱えたままクロが叫んだ。

「お館様!!」

クロの切羽詰まった声に、清盛が内裏の正殿にあたる紫宸殿《ししんでん》の中から顔を出した。

「どうした?」

「二位尼です」

(あれ、二位尼の仕業だったんだ……)

大きな音を立てて崩れ落ちた舞台を思い出して、奏はゾッとする。

クロに地面に降ろされたが、足が震えて立っていることだけで精いっぱいだ。

「……ここまで来たか」

清盛が眉を寄せた。

「内裏の周りに結界を張る。特に奏、そなたは内裏の外へは出ぬように」

厳しい顔で言われて、奏はごくりと唾を飲んだ。

(二位尼……平時子が『葦原』に来たんだ……)

奏が『葦原』にいることに気づいて、追ってきたのだ。

震える手を胸の前で組むと、清盛が僅かに表情を緩めた。

奏の頭をポンと撫でて、顔を覗き込んでくる。こんなときなのに、奏の鼓動がドキリと大きく脈打った。不意打ちで顔を近づけるのは心臓に悪いからやめてほしい。

「心配するな。専門家を呼んである」

「専門家？」

「ああ、こういうときにはあいつほど役に立つやつはいないからな」

「ふうん？」

清盛がそこまで信頼を置く人物とはいったい誰なのだろうか。

専門家とやらが誰なのか気になっていると、紫宸殿の中から一人の男が現れた。

それは、金色にも見える薄い茶色の長い髪を背中で一つにまとめて、銀縁の眼鏡をかけている背の高い男だった。

男は奏を一瞥し、階をひらりと飛び降りる。重力を感じさせない軽やかな動きだった。

（うわ、またなんというか……イケメン）

どうしてか『葦原』の住人はイケメン率が高い気がする。

無言で清盛のほうへ歩いていく男を見つめていると、クロがしがしと頭を掻《か》きながら、面倒くさそうに言った。

「お館様、晴明を呼んだのか。俺、あのインテリ眼鏡苦手なんだよな……」

「晴明？」

「知らないか？　安倍晴明」

奏は目を見開いて、素っ頓狂な声をあげた。

「ええ⁉」

「すごい……安倍晴明が目の前にいる。……イメージとかなり違うけど」

奏は紫宸殿の格子の影から、南正面にある門・承明門《しょうめいもん》の前に立っている背が高くて線の細い男の後ろ姿をじっと見つめた。

奏の中の安倍晴明のイメージは、黒髪で目元がキリリとした涼やかな美男子だったが、眼鏡の縁を押し上げつつ清盛と話している目の前の男は、そのイメージとはかなりかけ離れている。

(イケメンはイケメンだけど……なんか面倒くさそうな匂いがする)

キリリとした涼やかさというよりは、理屈っぽくて頑固な感じがするのだ。

ただ、清盛も晴明もともに恐ろしいほどの美形なので、二人並ぶと思わず見入ってしまうほど絵になる。

(晴明にもファンのお姉さんたちがいそう。クロもクロでイケメンだし、誰が一番人気なのかちょっと気になるところだわ)

「お前、なんか変なこと考えてないか?」

「え? なんのこと? 写真撮って売ったら儲《もう》かりそうだなーとか考えてないよ」

「考えてるんじゃねーか!」

(しまった、うっかり)

心の声が口から出てしまった。

奏はごほんと咳ばらいをして、気を取り直したようにクロのほうを向く。

「ねえねえクロ、あの二人、なんの話をしてるのかな?」

「おおかた、晴明あたりが、どこからどこまで結界を張るのだとか、細かい確認をしてんだろ。いーじゃねーかよ、大雑把で。内裏が囲えればそれでいいんだからさ。ほら見てみろ。お館様も苦笑いだぞ」

「そう? ただ笑っているだけに見えるけど」

「それはお前の勘違いだ。あれは絶対困ってる。お館様も自分でできるんだから、面倒くせー晴明なんか呼ばなきゃいいのに」

「なんで自分でできるのにわざわざ安倍晴明を呼んだの？」

「さあな。精度の問題なのかもしれねぇけど」

「つまり、安倍晴明のほうが清盛より結界を張るのが上手ってこと？」

清盛が「専門家」と言ったくらいだ。そうに違いない。

「術を使わせりゃ、晴明の右に出るものはいねぇよ」

「おお！　さすが稀代の陰陽師！」

安倍晴明は本当にすごいらしい。ただの伝説じゃなかった。

視線の先で、清盛との話が終わったらしい晴明が承明門の外に出ていく。

清盛がこちらを振り返り、ゆっくりと歩いてきた。

「今から晴明が大内裏全体に結界を張る。時子でも晴明の張った結界は壊せないだろう。安心していいぞ」

「げ。内裏じゃなくて大内裏全体に張るんですか？　マジか……化け物め」

「それはすごいの？」

「こんな広範囲に結界を張るとか、普通は無理だ。気力も精神力も根こそぎ持っていかれるからな」

「ふぅん」

よくわからないが、クロがそう言うくらいだからかなりすごいことなのだろう。

「ただ、この程度で時子が諦めるとも思えないがな。……ああ、話している間に終わったようだ。さすがに早いな」

清盛が空を見上げたので奏も同じように空を見れば、そこにはシャボン玉の膜のような、油膜のような、薄い虹色でゆらゆらと揺れている透明な何かがあった。それはぐるりと半球状に大内裏を囲っている。

しばらくして晴明が戻ってくると、彼は眼鏡をはずして袖でレンズを拭きつつ、短く言った。

「寝る」

そのまま紫宸殿の中に入って、宣言通り、晴明は適当なところで横になる。

(自由人?)

あっという間に寝入ってしまった晴明に驚いていると、クロがやれやれと肩をすくめた。

「さすがの晴明も、これだけ広範囲に結界を張ったら疲れるみたいだな。こいつ、寝起き機嫌悪ぃから、下手に起こすなよ」

どうやら大仕事を終えた安倍晴明様は、しばらく休憩なさるそうだ。

（清盛といい、安倍晴明といい、ここに来てからめっちゃイメージが崩れてるわ……）

この世界に、奏のイメージ通りの偉人は存在するのだろうかと、晴明の寝顔を見つめながら奏はどうでもいいことを考えた。

☆

夜もだいぶ更けた頃——

灯台に火を灯して書き物をしていた清盛は、ふと顔をあげた。

「来たか」

半蔀の奥に見える空には銀色の月が浮かんでいる。

清盛はゆっくりと瞼を閉じて、朱雀門のあたりに平時子の気配を感じると、灯台の灯りを消して立ち上がった。

背中に流したままの銀髪を風に遊ばせながら、朱雀門へ向かう。

門を押し開けると、安倍晴明の張った結界の外に、一人の女の姿があった。

肩までの尼削ぎを振り乱し、目を血走らせて、結界を両手で叩いては何かを叫んでいる。

「……時子」

結界越しに彼女の前に立ち、そっと名前を呼んだけれど、時子は反応すらしなかった。

——口惜しや。口惜しや。呪うてくれようぞ。

地を這うような低い声で、時子はただそれだけを繰り返していた。

かつて——凛としていながらも穏やかで慈愛に満ちていた時子の面影は、目の前の彼女からは微塵も感じられない。

『業』に支配された彼女は完全に理性を失い、ただただ平家一門を滅ぼした源氏を呪うことしか考えられないのだ。

「時子。頼朝も、その子らも、もういないのだ」

結界を叩いている時子の手に、そっと自分の手を伸ばして、清盛は言う。

結界一枚を隔てて、時子の手に触れようとしたけれど、彼女は清盛のことすら忘れているのか、それとも見えていないのか、何かを探すように血走った目を動かしながら、「口惜しや」と繰り返すだけ。

「ここにいるのは、なんの罪もない娘だけだ。そなたが恨み、憎む対象ではない」

——口惜しや。口惜しや。呪うてくれようぞ。

「時子……」

結界に触れた手でぎゅっと拳を握り、清盛は力なくそれを下ろす。

「そなたのその『業』は必ず封じてやる。……それまで、つらいだろうがしばし待て……」

清盛は眉を寄せて、くるりと時子に背を向けた。

朱雀門を閉じ、はあ、と空に向かって息を吐き出す。

(さすがに、堪えるな……)

『中つ国』で死して、『葦原』の管理人になったときに、生前の縁《えにし》は切れている。けれど、だからといって感情というものは割り切れるものでもなく——かつて愛した人の、あのような姿は、できることなら見たくなかった。

ぼんやりと月を眺めながら歩き出した清盛は、無意識のうちに奏に貸し与えた藤壺へ足を向けていた。

見事な藤棚を通りすぎ、階を上る。

暗い室内を横切り、帳台の横に座ると、指先でそっと帳を押し上げた。

その中には、すやすやと幸せそうな顔で眠っている奏の姿がある。

「能天気な顔をしおって……」

清盛は小さく口端を持ち上げて笑う。

奏の能天気な寝顔を見ていると、重たい石でも飲み込んだかのようにずんと沈んでいた心が、不思議と浮上してくるようだ。
『中つ国』の住人でありながら、『葦原』に迷い込んだ娘。
最初はちょっとした興味と、義務感からだった。
迷い込んできた『中つ国』の住人に、『業』が取り憑いているとわかったから、放って
おくわけにはいかなかった。
清盛にはなんの縁もない、助けてやるいわれもない娘だが、『業』に取り殺されるのを
見るのはさすがに寝覚めが悪い。
ただ、それだけだったのに――
(小生意気でやかましくて、怒ったり泣いたり笑ったり……、そなたは本当に、見ていて
飽きない)
だからだろうか、ついつい揶揄いたくなってしまう。
『葦原』の管理人としての義務だけならば、ここまで気にかける必要もないのに、奏が泣
いたり不安がっていたりすると、気になって仕方がない。
(時子の件が片付けば、そなたがここに来る理由もなくなる)
本来、『中つ国』の住人は『葦原』へは来てはいけない。というか、来ることはできない。
奏はここにいていい存在ではないのだ。

（そなたには『業』などなさそうだからな。……死しても、ここへ来ることはないだろう）

『中つ国』の住人の一生など、清盛にとってはほんの一瞬のようなものだ。奏は『中つ国』で生き、そして死んで、『黄泉の国』へ下り、まっさらな状態で生まれ変わるだろう。それが本来の世の理、輪廻転生だ。

『葦原』はそんな輪廻転生の輪から外れた場所にある。

奏には話していなかったが、『葦原』の住人は、『業』を封じられてもなお残る自分自身への固執から、輪廻の輪に入れないものたちだ。

その固執が、長い時間をかけて次第に薄れ、完全に消え去ると、ここの住人は『黄泉の国』へ下ることができるようになる。

逆を言えば、長い年月を『葦原』で生きている住人は、その固執が強すぎて『黄泉の国』へ下れないものたちなのだ。それは清盛のように神格を得ているものでも同じである。自分自身であることをやめられない。ここは、そういうものたちの集まりだ。

「ここで生活しているものたちは、私を含め『普通』ではないんだ。でも、そなたは違う」

奏のことは気に入っている。

時子の『業』を封じるには、時子が奏を呪い殺して満足した瞬間を狙うのが一番手っ取り早いというのに、それを嫌だと感じるほど――守ってやりたいと思うほどに。

けれど、奏と清盛は住む世界が違うのだ。

気に入っているだけの今の状態で手放さなくては、薄々、元に戻れなくなりそうな危険を感じている。

「しばし待て。明後日には、晴明の準備も整うだろう。すべてが終われば……さよならだ」

清盛は奏の前髪をさらりと撫でて、帳を降ろすと、静かに藤壺をあとにした。

七、人型

「お姉さんたち、何をしてるの？」

朝起きて、平時子のことが気になった奏は、清盛に様子を聞こうと彼のもとへ向かっているると、渡殿の影から見知った女官たちがこそこそと庭のほうを覗き見していた。

「まあ、奏様。しー、でございます」

「しー？」

人差し指を唇に当てて悪戯っぽく笑う女官たちに、奏は首をひねりつつ彼女たちの視線を追う。

すると、庭先に二人の人影を見つけた。清盛と安倍晴明だ。

（何をしているのかしら？）

庭先で話し込んでいるようだが、ここからだと話し声は聞こえない。

「はあ、絵になりますわね」

奏が首をひねっていると、ほぅ、と息を吐きつつ女官の一人が言った。

「絵になる？」

「お館様と晴明様でございます。本当に、お美しくて……」

(やっぱりファンがいた！)

清盛は『葦原』に住む大勢の女性を虜にしている気配があったが、予想通り、晴明もそうらしい。

(ちなみにどっちのファンが多いのかな)

むくむくと興味が沸いてきて、奏はうっとりしている女官たちに訊ねてみることにした。

「お姉さんたちは清盛と安倍晴明の、どっち派なの？」

すると、女官たちはころころと鈴を転がすような笑い声を立てた。

「まあまあ、どっち派なんて、そんな」

「ええ、どちらかを選ぶなんておこがましいですわ」

「つまり、どっちも甲乙つけがたいってこと？」

アイドルの個人推しではなく、グループを推している、みたいな感覚だろうか。

ふむふむと頷《うなず》いていると、女官たちが悪戯っ子のような顔をして、内緒話をするようにやや声のトーンを落とす。

「と言いますか……、お二人が一緒にいらっしゃるのがいいんですわ」

「ええ、あの場へクロ様が加わればなおのこと……」

「お館様は果たしてどちらをお選びになるのか……」

（ん？　どっちを選ぶ？　なんか様子がおかしくない？）

清盛と晴明を見つめる女官たちは確かにときめいているようだが、ときめき方の方向性が違うような気がする。

（あれかな。漫画とかなさそうだし、脳内で妄想して遊んでるのかな？　……ん？　ってことは、待って。清盛がどっちを選ぶのかっていうことは……まさかの脳内ＢＬの世界⁉）

男二人を見て絵になるとはそういうことだろうか。

（やばい。これは掘り下げちゃだめなやつだ！）

これ以上聞くのはまずい。

ただでさえ、清盛は遠慮なく人の思考をずけずけと読んでくるのだ。女官たちとともに妙な妄想でもしようものなら、それが清盛に知られてしまう。

清盛への恋愛感情を気づかれるのもまずいが、これはもっとまずい。女官たちの発言は脳内から消去して、余計なことは考えないようにしなければ。

奏はそそくさと女官たちの側から離れて、間借りしている藤壺へ戻った。

清盛も忙しそうなので、時子の話を聞くのはあとでいいだろう。

朝食までもう少し時間があるし、脳内が危険な妄想に支配される前に二度寝でもして忘れてしまおうと、奏は帳台の褥の中に潜りこんだ。

そうして奏は、目を閉じて再び夢の中に入ろうとしたのだが、うつらうつらしはじめたときに、突如として腹の上にドンッという重たい衝撃が落ちてきた。

「なに⁉」

驚いて飛び起きると、奏の腹の上には鴉の姿のクロがとまっていた。さっきの衝撃はこいつが飛び乗ったからに違いない。

「いつまで寝てんだ。とっとと起きろ」

「起きてたわよ！　これは二度寝よ！」

「寝てるんだから一緒だろ！　なにどや顔で意味不明なこと言ってんだ」

起きろ起きろとくちばしでつつかれて、奏は渋々起き上がった。

「着替えたら紫宸殿に来いよ。お館様が呼んでる」

「え、朝ご飯は？」

「今日は紫宸殿に用意するってよ」

クロはそれだけ言うとバサバサと飛び立っていく。

奏は仕方なく白い小袖から着替えると、言われた通り紫宸殿へ向かった。

「はー、お腹ぺこぺこ。お腹と背中がくっつきそうだわ」

「腹と背中がくっつくとはどういうことだ?」

からっぽのお腹をさすりつつぼやいて、紫宸殿の中に入ろうとしたそのとき、背後から聞こえてきた抑揚のない声に奏はぎょっとして振り返った。

(うわ!　安倍晴明!)

奏のすぐ背後には、金髪に近い薄茶色の髪に、銀縁眼鏡の長身の男が立っている。全然気配を感じなかった。

晴明は銀縁眼鏡を押し上げながら真顔で続けた。

「そもそも腹と背中の間に空間があるのか?」

「………」

(え、そこ、ツッコむところ!?)

何を言っているんだろうこいつ、と奏は白い目を向けたが、晴明は冗談を言っているふうではなかった。

「どうなんだ?」

(しつこいし!)

安倍晴明って面倒くさい、と奏は心の中で毒づく。

「お、お、お腹すいたら、お腹と背中がくっつくって、言わない?」

「言わないな。そもそも腹と背中はつながっている」

「………インテリ眼鏡……」

「何か言ったか？」

「いえ、何も」

クロが晴明のことを「インテリ眼鏡」と称した意味がものすごくよくわかった。

「お腹すきすぎたら、お腹と背中がぺったんこになるの！」

「ぺったんこ……」

晴明はじっと奏の腹に視線を向けて、やっぱり真顔で言った。

「しっかり肉がついているようだが？」

「失礼!!」

自慢できるほどウエストは細くないが、口に出されると傷つく。「肉」とか言うな！

（これでもダイエットしたほうなのに!!）

奏が涙目で晴明を睨んでいると、喉の奥で笑いながら、清盛が部屋の中から手招いた。

「晴明、女子に体型の話をするのは失礼だぞ。それに、これでも痩せたらしい」

「だから思考を読まないで！」

（っていうか「これでも」言うな！）

晴明も失礼だが清盛も充分失礼だ。

それなのに、笑顔を向けられてちょっぴりドキドキしてしまう自分が悔しい。

奏はプンプン怒ったふりをして大股で部屋に入ると、畳の上にどかりと座った。

「そう拗《す》ねるな」

「拗ねてないし」

ふんっとそっぽを向くと、清盛がやれやれと肩をすくめる。

ややして、清盛と晴明、そして奏の前に朝食の膳が運ばれてきた。今日の奏の朝ご飯はキノコのお味噌汁に鮭の塩焼きに白ご飯だ。ゴマ豆腐もある。和食万歳。

「あれ？　クロは？」

「クロには『葦原』の様子を見に行かせている。朝になって時子は消えていたが、昨夜のうちにどこかに影響が出ているかもしれないからな」

「二位尼、消えてたの？」

「ああ。『中つ国』へ戻ったのか、どこかに姿を隠しているのかはわからんが、内裏の周りにはいなかった」

「そうなんだ」

安心はできないが、大内裏のすぐ外にいた平時子がいなくなったと聞くと、ちょっとだけホッとする。

「それから、明日、時子の『業』を封じる」

「え？　できるの!?」

「晴明の準備が明日整うそうだ。そうだな、晴明」

「正確には明日の正午だ。ただ、平時子が夜しか現れないようなら、夜に行うことになる。その際は時間を正確に指定しろ」

晴明はいちいち細かい。

清盛は一つ頷いた。

「おそらく夜になるだろう。時間はまた明日の朝にでも連絡する」

「わかった」

奏には清盛の言う「晴明の準備」がなんなのかわからなかったが、明日、平時子の『業』を無事に封印し終われば、もう奏の身の安全が脅《おびや》かされることはなくなる。

（大学に行っても、窓ガラスが割れて誰かを巻き込むことは、もうなくなるのよね。でも……）

思ったよりも早く日常生活に戻れそうでよかったと安堵する一方で、それとは別の感情が胸の中に広がった。

（終わったら……もう、『葦原』に来ることはなくなるのかな）

奏に取り憑いていた『業』を封じ終えたあとで、清盛からは、『葦原』へはもう来るなと言われていた。

奏が『葦原』に来たのは、奏が平時子の標的にされたからだ。これがなければ、奏はここには来ていなかったはずなのだ。

時子の『業』を封じ終えたら、すべてが終わる。

今度こそ、本当にお別れなのだ――

☆

次の日の夕方。

清盛が平時子の『業』を封印する準備をするというので、奏は紫宸殿の前にやって来た。

紫宸殿の前では、橘が白い花を、桜が薄紅色の花をつけている。橘と桜の開花の時期は違うはずなのに、同時に花をつけているのは不思議だが、『葦原』ではこのような不思議はあちこちに存在するので、奏はすっかり慣れっこになっていた。

橘の柑橘系の香りが風に漂い、あたりに満ちている。

高欄を肘置きの代わりにした清盛が、階に座る晴明をぼんやりと見ていた。

奏が黙って隣に座ると、ちらりと奏に視線を移した清盛が薄く笑う。

ドキドキしていることに気づかれたくない奏は、わざとらしくならないように注意しつつ、階に腰かけて木の板にせっせと何かを書き込んでいる晴明に指先を向けた。

「あれは何をしてるの？」

「人型を作っているのだ。私でもできないことはないが、やはりああいったことは晴明のほうが得意だからな」

「人型？　って何？」

「本人の身代わりになる木の人形のことだ。例えば、そなたの身代わりの人型を作れば、それはそなたの代わりに災いを受けることも、逆に、その人型を傷つけることでそなた自身を傷つけることもできる」

「へえ……」

「わかったのか？」

「なんとなく？　それで、安倍晴明は誰の人型を作ってるの？」

「頼朝と、その五人の子らの人型だ」

「へ？」

「すでに六人とも黄泉の国に下っているからその身代わりだな。私ならば作り終わるまでにあと数日はかかっただろうが……二日で仕上げるとはさすが晴明としか言いようがない」

木の板に何かを書き込んでいるだけのように見えるが、どうやら晴明がしていることはすごいことらしい。

（安倍晴明は有能ね。変な人だけど）

「それで、どうして六人の人型を作ってるの？」

「時子の『業』を封じたときを再現するのだ。前回、時子の『業』を封じたときは、時子が、頼朝とその五人の子らが消えたことに満足した隙を狙った。ゆえに頼朝らに見立てた人型を時子に襲わせ、六人を呪い殺したと勘違いさせる」

「六人を呪い殺したと勘違いして、二位尼が満足した隙を狙うってこと？」

「まあ、そういうことだ」

「ちなみに、安倍晴明は木の板に何を書いているの？」

「名前と生没年だ」

「ああ、だから！」

空中散歩をしたときに清盛に頼朝たちの生没年を教えてほしいといわれたが、人型を作るのに使うためだったようだ。

「なくても作れるのだが、あったほうがより精度が増すと晴明が言うのでな。中途半端なものは作らんと言われれば、仕方がないだろう?」

なるほど、自分が納得しない出来のものならば、頼まれたって作らないということか。マジ面倒くさいな、安倍晴明。インテリ眼鏡め。

「日が暮れれば、時子が姿を現す。そなたはクロとともに紫宸殿の中にいろ。頼朝らの人型があるからそなたへの興味は失せるだろうが、念のためだ」

時子を中に入れるために、大内裏の周囲の結界は夜には解くそうだ。時子の目につくところにいると狙われる可能性があるため、隠れていたほうがいいという。

(今夜ですべて終わるってことよね……)

奏が『葦原』にいる必要もなくなる。

喜ぶべきことなのに喜べないのは、奏が清盛への気持ちを消化できないでいるからだろう。

(好きになってもつらいだけだから、忘れないといけないのに……)

感情というものは、なかなかどうして、思うようにいかない。

奏が何気なく清盛を見上げると、目が合った彼は、ただ優しく微笑み返した。

夜──

紫宸殿の前の庭には、いくつもの篝火が焚かれていた。

晴明が少し間を開けて庭の砂利の上に六つの人型を並べている。

奏は人の姿のクロとともに紫宸殿の中で待機している。もちろん外の様子が気になるので、格子戸を薄く開けて覗き見はしているが。

「ねえ、クロ。うまくいくと思う？」

「お館様は勝てない戦はしない主義だ。大丈夫だろう。お前も、ここから見ているのはいいが、外には出るなよ」

「うん」

自分のことなのに清盛と晴明に任せっぱなしなのも気が引けるが、奏が出ていくと時子の注意がこちらに向く可能性があるので、逆に二人の邪魔をすることになるのだ。

清盛は、紫宸殿の階に腰かけて、晴明が人型を準備するのを見守っていた。

準備が整うと、晴明が紫宸殿の階近くまで下がり、大内裏に張り巡らされている結界を解く。

半球状に空を覆っていた油膜のような結界が、すーっと消えていくのがわかった。

「来るぞ。わかっていると思うが、そこから動くなよ」

清盛が肩越しに振り返り、奏に向かって念を押す。

「うん、わかった」

奏が清盛に向かって大きく頷いたとき、承明門がひとりでにバタンと音を立てて開いた。

——口惜しや。

ぞわっと産毛が逆立つような暗い声がして、奏は反射的にクロの袖を握りしめる。

開け放たれた承明門から、夜の闇よりもなお黒い影が、ゆらり、ゆらりと近づいてくる。

(ひっ!)

その黒い影は、よく見ると女だった。墨染めの法衣姿で、髪を振り乱して左右に体を揺らしながら承明門をくぐって中に入ってくる。

奏は思わず悲鳴を上げそうになった。

(あれが……二位尼)

奏が彼女の姿を見たのはこれがはじめてだった。

血走った焦点の定まらない目をしていて、半開きの口からは絶えず怨嗟《えんさ》の言葉が溢れている。

その姿かたちから、平時子が身の内に抱えている恨みやつらみがわかるような気がした。

ガタガタと体が震えて、でも視線をそらすことができなくて、奏はゆらりゆらりと歩いてくる時子を見つめる。

「時子……」

清盛が切ない声で彼女の名前を呼んだのが聞こえた。

微かな声だったが、かつて愛した人の変わり果てた姿に、清盛が傷ついているのがわかって、奏はきゅっと唇をかむ。

大好きだった人のあのような姿は、誰だって見たくないだろう。

たまらなくなって、奏が「清盛……」と小さな声でささやいたときだった。

「馬鹿者、声を出すな！」

晴明の怒鳴り声が響いたと思ったら、承明門からゆっくりと歩いてきていた時子の姿が、一瞬で目の前から掻き消えた。

直後、奏の目の前の格子戸が吹き飛んだ。

「ひ！」

吹き飛んだ格子戸に驚く暇もなく、奏は短い悲鳴を上げる。承明門の前から消えた時子の姿が、奏のすぐ目の前に立っていた。

「伏せろ！」

清盛の焦った声がして、奏の隣からクロが飛び出していく。

階を駆け上がった清盛が体当たりをするように奏を抱きしめると同時に、クロが真っ黒な太刀を抜いて時子に斬りかかった。

しかし、斬ったはずの時子の姿がゆらりと消えて、今度は紫宸殿の奥に現れた。

時子の濁った双眸がしっかりと奏を捕えて、血のように赤い唇がニィッとつり上がる。

ゾッと奏の背筋に悪寒が走った。

（嫌……やだ……怖い……！）

全身がカタカタと小刻みに震えだす。

時子が一歩足を踏み出すのを見た途端、奏の中の恐怖が振り切れた。

「きゃあああああっ‼」

「落ち着け！」

悲鳴を上げた奏の耳元で、清盛が短く怒鳴った。

「大丈夫だ、落ち着け。絶対に守ってやる」

もう一度なだめるように耳元でささやかれると、ちょっとだけ恐怖が収まって冷静になれた。

奏を抱きしめたまま清盛が立とうとしたので、奏は震える足を叱咤《しった》して、清盛に支えられながら立ち上がる。

清盛がじりじりと後ろに下がり、時子から距離を取った。

その距離を詰めるように、ゆらゆらと左右に揺れながら、時子が、一歩、また一歩とこちらに近づいてくる。

瞬きも忘れて時子を見つめていた奏の耳に、ピューッと細く甲高い指笛の音が聞こえてきた。

音に反応するように、清盛が奏を抱きかかえたまま高欄を飛び越えて外に出る。

奏の視界に、真っ白い帯のようなものが映った。

その帯は勢いよく時子まで伸びていくと、その体を絡めとる。

「クロ、奏を！」

「御意！」

奏は清盛の腕からクロへと託された。

よしよしと、恐怖で震えている奏の背中をクロがさする。

清盛が白い帯に縛り上げられてもがいている時子に向きなおった。

「晴明、準備はいいか？」

「いつでも」

「よし。はじめてくれ」

晴明が頷いて、指を口に当てて、ピューッと細い指笛を吹いた。先ほど聞こえた指笛の音も、晴明が発したものだったのだ。

「時子、そなたの憎む源氏はここにいる」

清盛の言葉に、縛り上げられていた時子がぴくりと反応した。

晴明の指笛の音が完全に消えると、砂利の上に等間隔に並べられていた人型から白い煙が立ち上りはじめる。

煙はだんだんと濃くなり、やがて人の形を作った。

人型から立ち上った煙は、四人の男と二人の女の姿に変わる。

焦点の合っていなかった時子の目が、六人の姿を捉えるのがわかった。

──あな口惜しや。源の……。呪うてくれる。

「そうだ。そなたの憎む相手はこいつらだろう？　間違えるな」

──呪うてくれる……！

「ああ。思う存分、恨みを晴らすといい。──晴明」

清盛の指示で、晴明が軽く手を振れば、時子を縛り上げている白い帯が煙のように消え去った。

束縛から解き放たれた時子が、獣のような俊敏さで高欄を越え、そのうちの一つに飛び掛かる。

——我が一門の恨み……！　呪うてくれる……殺してくれる……！

低くどろどろとした怨嗟を吐きながら時子が片手を振り上げると、彼女の手の爪が鉤爪《かぎつめ》のように鋭く伸びる。

時子がその手を振り下ろすと、まるでその爪で引き裂かれたように、人型が見せる幻影から血がほとばしり、もだえ苦しむような動きをした。

一つが消えると、時子は次に標的を定めて同じように鋭い爪で襲い掛かる。

六つの幻影に襲い掛かり、すべてが喉をかきむしりもだえ苦しむような姿をして消えたそのときを待って、清盛が動いた。

「時子」

清盛の呼びかけに、時子が顔をあげる。

清盛は懐に手を入れると、一つの人型を取り出した。

「そなたの恨む相手はもうおらぬ。言仁《ときひと》を連れて、黄泉で幸せに暮らせ。そして願わくば、来世で幸せな生を——」

清盛が人型を投げると、それは宙で幼い子供に姿を変えた。

時子が弾かれたように両手を伸ばし、幼い子供の幻影を抱きしめる。

その瞬間、悪鬼のような形相だった時子の姿が、ふわりと変わった。

乱れていた髪は艶やかに背に伸び、墨染めの法衣は鮮やかな十二単へ。

目の血走りは消え失せて、瞳は優しい光を宿し、華奢《きゃしゃ》な手で愛おしそうに腕の中の子供の頭を撫でていた。

（……きれい）

時子は最後に清盛を見て、それはそれは綺麗に微笑むと、空に吸い込まれるように一筋の光になって消えていく。

奏が空に吸い込まれていった光を追うように見上げていると、晴明が割れた六つの人型を見て、「終わったな」とつぶやいた。

（終わった……）

奏は清盛に顔を向ける。

清盛はただじっと、時子が最後に立っていた場所を見つめていた。

（これで全部、おしまい……）

飛香舎の廂から夜空を見上げて、奏は光となって消えた時子のことを思い出していた。

本当ならば時子が消えた時点で『中つ国』へ帰るべきなのだろうが、清盛が夜遅くに帰すのも忍びないと言って、もう一晩だけ『葦原』へ泊まることを許してくれたのだ。

（清盛は今、どうしてるのかな。寝てるのかな）

時子は『黄泉の国』へと下っていった。

つまりもう二度と、清盛は時子に会うことはできなくなったのだ。

清盛が何を考えているのかはわからないが、妻だった人を見送って何も思わないはずはない。

清盛の顔を思い浮かべるとどうしても気になってしまって、奏は立ち上がった。

夜だから、清盛は清涼殿にいるはずだ。清涼殿はここ飛香舎から渡殿を渡ってすぐのところにある、本来は天皇が日常をすごすための場所だ。

清涼殿まで行ったところで、勝手に中に入ることはできない。だが、なんとなく、可能な限り清盛の側に行きたかった。

（明日になったらお別れだし、ちょっとくらいいいよね？）

住む世界が違う清盛への恋は、恋心を自覚したと同時に失恋が確定していた。

必死になって想いを封印しようとしたけれど無理で――ならばせめて、残り少ない僅かな時間は清盛の気配が感じられるところですごしたい。

足音を立てないように気をつけながら清涼殿の前に来ると、奏は高欄を背もたれにして、簀子の上に座ってぼんやりと建物に視線を向けた。夜だからか、清涼殿の格子戸は閉められ御簾が降ろされていて、中の様子はわからない。

ここでぼーっとしていても清盛が出てくるはずもないのに、待っていたら起き出してこないだろうかと期待をしてしまう自分がいた。

同時に、室内からは僅かな物音すら感じられなくて、言いようのない切なさや寂寥感が、体の中心からじわじわと全身へと広がっていく。

好きという感情は、厄介だ。

好きだと叫んでしまいたい衝動がある一方で、傷つくのが怖くて縮こまってしまう。

この想いは決して叶わないものだと理解しているからこそ、ただただ苦しくて切なくて、早く忘れてしまいたいのに忘れたくなくて、自分でもどうしていいのかわからない。

(自覚しないままだったらよかったのに)

清盛が好きだと気づかないまま明日を迎えていたら、こんなに悲しく、つらくなかったのに。

(一人の夜はだめだわ……)

昼間は、クロもいるし、時子の問題があったので気が紛れていた。

でも夜はだめだ。清盛のことしか考えられなくなる。

この想いは、『葦原』から『中つ国』へ戻ったあともしばらくは続くことだろう。

(夜が嫌いになりそう)

自嘲するように笑おうとしたけれど、上手く笑えなかった。

じんわりと涙が溢れるのがわかって、奏は膝を抱えて、膝頭に額を押し付ける。

どのくらいそうしていただろうか。

カタン、と小さな音が聞こえて、奏は徐《おもむろ》に顔をあげる。

「そんなところで、何をしている?」

夜の静寂《しじま》のように静かで綺麗な声に、奏の心臓がトクリと熱を持った。

白い小袖の上に濃い紫色の衣を羽織って、清盛が格子戸を開けて外に出てくる。

「泣いていたのか?」

奏の頰に光る涙の跡に気づいた清盛が、奏の側に膝をついた。

「どうした?　何かあったのか?」

清盛はちょっと意地悪だったりするくせに、奏が弱っているときはいつも優しいから、ずるいと思う。

こんなことをされたら、奏はいつまでたってもこの気持ちから抜け出せないではないか。

そっと涙の跡を拭っていく清盛の手が温かい。

手を伸ばして、清盛の紫色の衣を軽く引っ張ると、清盛が苦笑しながら抱き寄せてくれた。

「まだ不安なのか？　時子は黄泉に下った。そなたが不安がることは、もうない」

そうじゃない、と否定したい一方で、清盛の勘違いをこのままにしておけば、もう少し彼の腕の中にいられるかもしれないと考える卑怯な自分がいる。

奏が無言ですり寄ると、清盛の腕の力が少しだけ強くなった。

「そなたはいつもやかましいくせに、変に弱々しくなるときがあるな」

それは全部清盛のせいだ。

この感情を知らなければ、奏は笑顔で清盛と別れることができたのに。

「ねえ、清盛……。『中つ国』での寿命が終わって、わたしが死んだら……わたしはここに来ることができる？」

自分でも、何を訊いているのかわからない。

清盛の腕の中でぽつんとつぶやけば、清盛の体が一瞬だけ強張った気がした。

「…………、そなたは、ここへは来ぬほうがいい」

短い沈黙のあとで、清盛が困ったような声で言う。

『業』など、持つものではない。それはただの執着とは違う。本人でも制御できない、いわば強すぎる執着が凝り固まって、自分自身でありながら別のもう一つの自我を持つようなものだ。そんな強すぎる執着は、そなたを苦しめるだけになる」

もちろん、『業』など望んで持てるようなものではないが——と清盛が言うのを聞きながら、奏は確かにそうかもしれないと思った。

自分でも制御できないほどの強い執着など、そうそう抱けるものではない。

奏も、生きている間に自分がそこまでの強い感情を抱けるとは思わなかった。

(だから、わたしは死んでも『葦原』には来られない……)

やっぱりどうあってもお別れなのだ。清盛にはもう——会えない。

「わたしね……、わたし……」

清盛が好きだよと、言いかけてやめた。

これを口にすれば、きっと清盛を困らせる。

そして、言えばすべてが終わる気がした。

叶わない恋なのはわかっているけれど、今この場ですべてを終わりにしてしまうのは嫌だった。苦しくてもつらくても、この想いはもう少しだけ抱えていたい。

(って、清盛は心を読めるんだから、もうとっくに、わたしの気持ちは知っているのかもしれないけど)

知っていて、知らないふりをしてくれているのかもしれない。

清盛の手が、何度も何度も、優しく奏の頭を撫でる。

何も言わない。それは、清盛の優しさなのだろう。

奏もうそれ以上は何も言わず、ただ黙って、清盛の腕の中で目を閉じた。

エピローグ

すっかり季節は秋めいた。

フェリーから見える宮島の山の木々は、まだあまり色づいているようには見えないが、肌をひやりと撫でていく風はすっかり秋のものだ。

(あ、足場はずれたんだ)

夏に来たときには大鳥居の周りにまだ足場が組まれていたが、いつの間にか撤去されていたようで、鮮やかな朱色の柱が海の中に浮かんで見える。

十月も終わりの土曜日。

奏はニュースで二位殿燈篭が修繕されたことを知って、なんとなく宮島にやって来た。

あれから『葦原』へは行っていない。

二位殿燈篭の破片は、奏の一人暮らしのマンションの中に置いてある。

厳島神社に参拝したときに、間違っても『葦原』へ渡らないようにと、小物入れの中に封印していた。

清盛からはもう『葦原』へは来るなと言われたから。『葦原』は、奏が住む世界ではないから——どんなに行きたくても、清盛に会いたくても、もう行ってはいけないのだ。

清盛への感情は、あれから一か月以上が経ったというのに、全然薄れてくれない。

今も夜に目を閉じれば瞼の裏に清盛の顔が浮かぶし、ふとした瞬間に彼の笑顔を思い出す。

そのうちただの思い出に変わるのかもしれないけれど、それにはまだ時間を要しそうだ。

清盛にも、クロにも、もう、会うことはない。

桟橋から宮島に降り立って、奏は何気なく平清盛の像へ足を向けた。

剃髪した僧の姿の平清盛像を見上げて、奏はおかしくなる。

これを見た誰が、平清盛を銀髪に銀色の瞳のイケメンだと思うだろうか。

(ふふ、全然違う)

(清盛がこの銅像のままの姿なら、恋なんてしなかったかな？　……それともやっぱり、好きになったのかな？)

剃髪したおじいちゃん相手に恋心は抱かないと少し前まで思っていたけれど、わからなくなってきた。

なぜなら、綺麗すぎる清盛の外見も、決して奏のタイプではなかったからだ。

奏が好きになったのは清盛の外見ではなく、意地悪で、でも優しい清盛の内面だった。

だから、外見が剃髪したおじいちゃんでも同じ結果になっていたかもしれない。

目の前の銅像は『葦原』の清盛とは似ても似つかないのに、見上げていると切なくなってくる。

奏は、溢れ出しそうになった感情を首を振ることで押し込めると、海を右手に見ながら二位殿燈篭へ向かってゆっくりと歩き出した。

はじめて『葦原』に足を踏み入れたときよりもやや伸びた茶色の髪が、さらさらと海から吹く風に乱されていく。

風は少し冷たいが、空は見事な秋晴れで、その日差しを反射して海もキラキラと輝いていた。

寄せては返す波の音が、妙な感傷を誘う。

人力車の車夫が立っている前を通り過ぎ、有の浦を歩いていると、等間隔に続く石燈篭の奥に違う形の燈篭――二位殿燈篭が見えてきた。

(見た目は元通りになってる)

奏は二位殿燈篭の前で足を止めた。

壊れる前よりも、石肌の色が少し薄いような気がしたが、それ以外の違いはなさそうだ。

けれど、ほかの誰も知らない決定的な違いを、奏は知っていた。

──もうここには、二位尼も、二位尼の『業』も封じられていない。

二位尼は黄泉路へ下り、彼女の『業』は巻物に封じられて『葦原』にあるからだ。

奏はしばらくぼんやりと二位殿燈篭を眺めていたが、ここに立っていても清盛を思い出して切なくなるだけなので、燈篭に向かって手を合わせて歩き出す。

(レポートもないし、水族館でも行って、そのあともみじ饅頭でも買って帰ろうっと)

水族館は厳島神社をすぎてずっと先に行ったところにあるが、そのすぐそばに清盛神社もあったはずだ。ついでに清盛神社にも手を合わせに行こう。

(だって、いっぱいお世話になったもんね。……帰る前に、もっときちんとお礼を言っておけばよかったな)

清盛神社の前で、いつか笑いながら「好きだったのよ」なんて言えるだろうか。清盛神社に話しかけたところでその声は清盛には届かないだろうが、この気持ちが思い出に変わったら、神社の前でそんなことを言ってみたい。

厳島神社が見えてきたところで、奏は無意識のうちに足を止めた。

あの夜、奏は明け方近くまで清盛と一緒にいた。

ほとんど会話はなかったけれど、清盛はずっと奏に寄り添ってくれていたのだ。

そして翌朝、クロとともに羅城門まで見送りに来てくれた清盛は、「もうここへは来るなよ」と優しく微笑んだ。

「元気でな」と言われて、「清盛もね」と返した。それが、彼と話した最後の言葉だった。

いっぱい「ありがとう」と言いたかったのに、もう会えないのだと思うと胸がいっぱいになって、ろくにお礼も言えないまま別れてしまった。

「……ありがとう」

奏は厳島神社をじっと見つめて、ぽつりとつぶやく。

「ありがとう……清盛、クロ…………」

『葦原』は『中つ国』を生きて死んだあとでも、全員が訪れることができる場所ではない。

清盛からも「そなたは、ここへは来ぬほうがいい」と言われていたし、望んだところで奏には訪れることはできないだろう。

だから本当に――もう会えない。

「っ」

ツン、と鼻の奥が痛くなって、奏は慌てて上を向いた。

こんなところで泣き出したら、周りの観光客に変に思われてしまう。

涙が溢れてこないようにずっと上を向いていたら、雲一つない青空の下をすっと黒い影が横切った。

鴉のように見えたなと思っていると、何か小さな袋が、奏めがけて空から落ちてくる。

軽く手を伸ばして受け止めると、それは小さな袋だった。着物の切れ端で作ったような、藤の花の模様が描かれた巾着袋だ。

(なにかしら……?)

なんとなく気になって袋を開いた奏は、ハッと息を呑んだ。

袋の中には、宝石のようにキラキラと輝く金平糖が詰まっていた。

金平糖の中に埋まるようにして、一枚の小さな紙片も入っている。

(金平糖……)

「カァ」

鴉の鳴き声がして顔をあげると、一羽の大きな鴉が、海沿いの松の枝の上からじっとこちらを見下ろしていた。

「……クロ?」

「カア」

鴉は返事をするようにもう一度鳴いて、ばさりと羽を広げて、海の向こうへ飛び立っていく。

——今度お前が食べられる金平糖を用意してやるよ。

『葦原』の祭りの日、クロが何気なく言った一言を思い出した。

（約束、守ってくれたの？）

そのあと平時子に襲われそうになって、奏本人もすっかり忘れていたのに、クロは覚えていてくれたのだろうか。

奏は一緒に入っていた小さな紙片を取り出して、四つ折りのそれを広げてみる。

するとそこには、流麗な文字で、一言だけが書かれていた。

『そなたの幸せを祈っている』

その瞬間、奏の目から涙が溢れた。

慌てて袖で目元を押さえて俯く。

（ずるい。なんなの。……こんなことをされたら、ずっと忘れられなくなる）

もう二度と会えないのに、これ以上奏の心を奪うような真似をしないでほしい。

奏はごしごしと袖で目元をこすって、紙片を折りたたむと金平糖の袋の中に戻した。代わりに、金平糖を一粒つまみあげる。

（……きれい）

あの日の祭りで見たものと同じように、キラキラと輝いている金平糖。

奏は金平糖を一粒口の中に入れて、そして鴉が飛び立っていった空を見上げる。

（ありがとう……。清盛も、幸せにね）

巾着袋をトートバッグの中に納めて、奏はゆっくりと歩き出す。

ほろほろとほどけていく優しい金平糖の甘みが、少しの切なさとともに、口いっぱいに広がった。

参考資料

・厳島民俗資料緊急調査報告書
(編集発行：広島県教育委員会、1972年3月31日発行)
・今昔物語集① 新編日本古典文学全集35
(校注・訳者：馬淵和夫 国東文麿 稲垣泰一、発行所：小学館、1999年4月20日第一版第一刷発行)
・平家物語① 新編日本古典文学全集45
(校注・訳者：市古貞次、発行所：小学館、1994年6月20日第一版第一刷発行)

あとがき

本作をお手に取ってくださりありがとうございます、狭山ひびきです。毎日暑いですね！

突然ですが、本作のタイトル、めっちゃカッコよくないですか？　実はこれ、担当様におねだりして考えてもらったんです。それまではずっと「宮島異世界(仮)」って呼んでて、だんだんもうこれでいいんじゃねと思いはじめるくらいにセンスのない私は、タイトルをいただいたときに「おおおっ」と思いましたよ。(仮)でいいなんて思った自分、あばよ！　とすぐさま飛びつきましたとも。

ということで、本作は広島が舞台（？）の書下ろし作品です。担当様からご当地ものをご依頼いただいたはずなんですが、ご当地ものとは？　という少々怪しい仕上がりになりました。でもオッケーもらったんだからまあよし！　ルンルンと久しぶりに宮島に写真を撮りに行ったりしてとても楽しかったです（付き合ってくれた友人T。ありがとうね！）。

また本作を書くにあたりまして、父の友人が素敵な資料を貸してくださいました。本当にありがとうございました！

さて、そろそろあとがきページも終わりに差し掛かりましたので、恒例のあれを！

まず、素敵なイラストを描いてくださいました、ななミツ先生！　素敵な奏たちをありがとうございました！　清盛がイケメンすぎて悶絶しました！

そして、担当様をはじめ、本作の制作に関わってくださった方々、なによりこの本をお手に取ってくださった読者の皆々様、本当に本当にありがとうございます！

それでは、またどこかでお逢いできることを祈りつつ！

この本を読んでのご意見・ご感想・ファンレターをお待ちしております。
〒104-8357 東京都中央区京橋 3-5-7
（株）主婦と生活社 PASH！文庫編集部
「狭山ひびき先生」係

PASH!文庫

安芸宮島　あやかし探訪ときどき恋

2023年8月14日 1刷発行

著　者　狭山ひびき
イラスト　ななミツ
編集人　山口純平
発行人　倉次辰男
発行所　株式会社主婦と生活社
〒104-8357 東京都中央区京橋 3-5-7
［TEL］03-3563-5315（編集） 03-3563-5121（販売）
03-3563-5125（生産）
［ホームページ］https://www.shufu.co.jp
製版所　株式会社明昌堂
印刷所　大日本印刷株式会社
製本所　小泉製本株式会社
デザイン　ナルティス（稲葉玲美）
フォーマットデザイン　ナルティス（原口恵理）
編　集　黒田可菜、髙栁成美

 Printed in JAPAN ISBN 978-4-391-16066-6